Peter Caprano

Dschinn

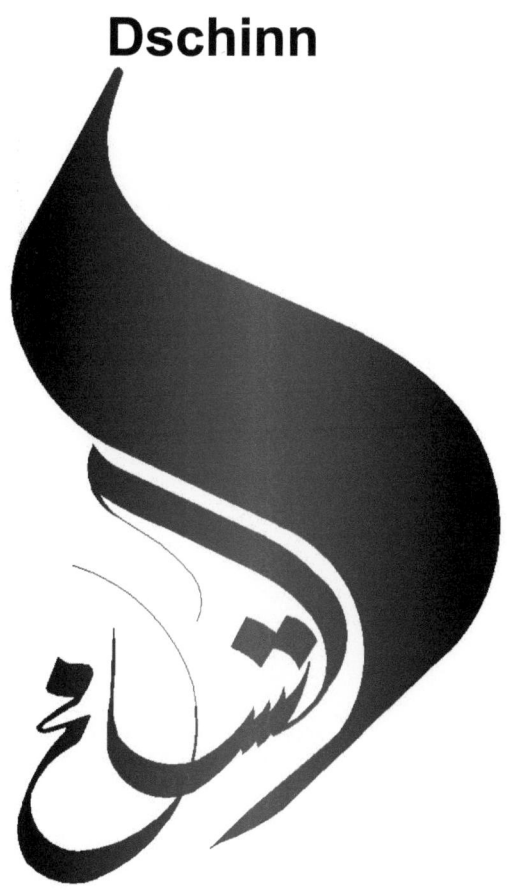

Erzählung

**Copyright 2016 by
Peter Caprano, Darmstadt**

Coverdesign © Carolin Caprano

**Herstellung und Verlag:
BoD - Books on Demand, Norderstedt**

ISBN 9783743163089

Für Aladin,
der mir die Wunderlampe
erspart hat

Dschinn

Prolog

Als Aladin sein Reich geeint und befriedet hatte, gönnte er sich eine Ruhepause. Auf dem Balkon seines Palastes saß er und schaute über die Hauptstadt. Alles war gut geworden, hauptsächlich Dank der Wunderlampe, die er auch jetzt in seinen Händen hielt. Gedankenverloren schaute er sie an. Wie viel Macht steckte doch in ihr. Wie viel Gutes konnte sie bringen in den Händen eines Menschen, der ihre Möglichkeiten weise einsetzte. Wie viel Unheil und Leid aber in den falschen Händen. Auch er war sich nicht sicher, ob er der Versuchung dieser Macht immer würde widerstehen können. Noch viel weniger war er sich sicher, ob seine Nachfolger die nötige Weisheit und menschliche Reife dafür haben würden.

„Du hast genug für dieses Land getan Lampe!"

Kurz entschlossen stand er auf, ging hinein, verpackte die Lampe in eine unauffällige Schatulle und rief nach der Wache.

„Nimm diese Schatulle und gehe in den Basar.", sagte er zum Hauptmann der Wache. „Dort gibst du sie dem ersten Händler, den du triffst und sagst ihm, er solle sie für mich verwahren und kein Wort darüber verlieren, bis ich komme und sie von ihm einfordere. Für diesen Dienst erhält er einen Beutel Gold."

Der Hauptmann nahm die Schatulle, den Beutel Gold, verneigte sich und ging aus dem Raum.

Zufrieden kehrte Aladin zurück auf den Balkon.

Dschinn

Dschinn

Feierabend !!
Noch besser !!!
Wochenende !!!!

Manfred Klein stand am Waschbecken und wusch sich den Dreck von neun Stunden Lagerarbeit ab. Wieder einmal hatte er eine Woche überstanden und jetzt begann das eigentliche Leben, das Wochenende. Diese Aushilfsjobs waren wahrlich nicht das Gelbe vom Ei, doch von irgendetwas musste der Schornstein halt rauchen und in der heutigen Zeit und noch dazu ohne abgeschlossene Ausbildung konnte man nicht wählerisch sein.
Doch jetzt nicht ins Grübeln kommen, sondern die freien Tage genießen. Auf dem Heimweg schnell einkaufen und dann nichts wie nach hause und an den PC. Da wartete noch ein Abenteuerspiel auf seine Lösung und er war fest entschlossen es an diesem Wochenende zu Ende zu bringen, selbst wenn er vierundzwanzig Stunden durchspielen musste. Jedoch nicht heute, denn morgen früh um sechs Uhr war die Nacht zu Ende. Wer auf dem Flohmarkt Schnäppchen machen will, der muss früh da sein. Da kannte er keine Gnade mit sich selbst, Samstag war Flohmarkttag, jeden Samstag, bei jedem Wetter, zu jeder Jahreszeit.
Im Supermarkt angekommen, hatte er seine Einkäufe schnell gemacht. Ein Laib Brot, ein Becher Margarine, Scheibenkäse und eine kleine Streichleberwurst. Für die warmen Momente eine Currywurst und eine Tüte Fertigpasta, basta!! Dazu zwei Flaschen Billigcola und zwei Flaschen Sprudel. Das war's dann. Budget alle !

Zuhause angekommen, kam er dann doch ins Grübeln. Über sein bisheriges Leben, seine augenblickliche Situation und sowieso.
Er konnte daran leider niemanden die Schuld in die Schuhe schieben, seine Eltern hatten ihm alle Möglichkeiten gegeben. Doch mit der Realschule hatte er sich echt übernommen, in einigen Fächern hatte er nur noch Bahnhof verstanden und dann noch der nicht gerade sprichwörtlicher Fleiß. Diese Kombination aus Bahnhof und Faulheit hatten ihn bald zurück auf die Hauptschule gebracht, wo er doch tatsächlich seinen Abschluss geschafft hatte. Hurra !!
Danach eine Lehre als Einzelhandelskaufmann, die er bereits nach 6 Monaten geschmissen hatte. Was folgte, war ständiger Krach mit seinen Eltern, zuviel Alkohol und letztendlich der Rausschmiss mit Achtzehn. Seitdem war er volljährig und auf sich allein gestellt. Zufrieden war er nicht, wahrlich nicht. Auf der anderen Seite war er auch nicht völlig unzufrieden, er hatte sich arrangiert und irgendwo in seinem Hinterkopf spukte die Vorstellung, dass sich ihm irgendwann die große Chance bieten würde.

Omar langweilte sich. Lange hatte er die Ruhe genossen. Einfach ein wenig abschalten, sich nicht in die hektischen Zeitabläufe der Menschen einbinden, war für eine kurze Zeit OK gewesen. Nach menschlichen Maßstäben waren seit Aladin einige hundert Jahre vergangen, aber was waren schon menschliche Maßstäbe. Für ihn war das eine kurze, erholsame Pause gewesen, doch jetzt kribbelte es wieder in den Fingern. Unwillkürlich musste er schmunzeln über diesen Ausdruck. Wie sehr hatte er sich doch die menschlichen Ausdrucksweisen angewöhnt. Er hatte gar keine Finger, es sei denn er nahm menschliche Gestalt an. Aber jetzt kribbelte es wirklich, egal wo. Er würde sich mal wieder mit den Menschen abgeben, würde sich einen herauspicken, ihm die Möglichkeiten eines Dschinn anbieten und dann schauen, zu welchem Ergebnis das führen würde. Diese Menschen bekamen schnell Probleme, wenn man ihnen Macht in die Hände gab. Die meisten konnten nicht damit umgehen. Der letzte, dieser Aladin, war eine Ausnahme gewesen. Hatte die Macht klug eingesetzt und war weise genug gewesen sie abzugeben als er sie nicht mehr benötigte. Es wäre doch interessant zu sehen was heute ein ganz einfacher, kleiner Erdenbürger, der nichts mit Macht und Erfolg am Hut hatte tun würde, eröffnete man ihm die Perspektiven, die ihm ein Dschinn bieten konnte. Dann also los!!

Manfred tauchte in den Flohmarkt ein. Er war heute früh dran, was kein Zufall war.
Zwei Arten des Flohmarkt-Besuchs praktizierte er, den Fischzug und das Treibgut.

Treibgut nannte er die Art ohne bestimmte Ziele den Flohmarkt zu besuchen. Er wollte dann nichts kaufen, sondern einfach nur die Atmosphäre in sich aufnehmen. Dabei ließ er sich nur so mit den anderen Besuchern treiben, schaute sich die Leute an, lauschte den Hintergrundgeräuschen und manchmal auch den Gesprächen. Wenn es der Zufall wollte, dann fand er auch etwas Interessantes, doch das war dabei nicht sein Ziel. Einen Treibgut-Besuch startete er immer ein wenig später, damit auch genug Leute da waren, denn ohne eine gewisse Besucherdichte konnte er sich nicht treiben lassen.

Im Gegensatz zum Treibgut war der Fischzug total anders. Bei ihm wollte er etwas kaufen. Er wusste nicht immer im voraus was er eigentlich kaufen wollte, doch die feste Absicht war da. Manchmal brauchte er den Akt des Suchens, Handelns und Kaufens für seine Seele. Fischzüge startete er früh, denn dann waren nur wenige andere Suchende unterwegs, die stören konnten. Die Standbetreiber waren noch nicht frustriert vom langen Stehen, sondern begierig auf Geschäfte und deshalb bereit auch ausführlich Auskunft zu geben oder sie schwätzten einfach nur ein wenig, weil ja noch nicht so viel los war. Außerdem versperrte ihm niemand die Sicht auf die Stände, so dass er sicher sein konnte, nichts zu übersehen.

Und heute war er auf Fischzug. Bereits die ganze Woche hatte er sich darauf gefreut. Er hatte zwar

keinerlei Vorstellung welche Beute er heute machen würde, aber Beute würde er machen, ohne Zweifel. Selbst wenn er den ganzen Tag seine Runden drehen musste, ohne einen Schatz würde er nicht nach hause gehen.

Für seine Fischzüge hatte er sich ein ganz raffiniertes Vorgehen ausgetüftelt.

Regel 1: Niemanden merken zu lassen was ihn anmachte. Völlig desinteressiert an den Ständen vorbeilaufen und dabei aber alles sehen.

Regel 2: War etwas Interessantes gefunden, dann an den Stand gehen und sich was völlig anderes anschauen. Den Verkäufer auf die falsche Spur locken und dabei in Ruhe die wirkliche Beute betrachten.

Regel 3: Lange über den vorgetäuschten Kauf verhandeln, dabei viel jammern und am Ende ablehnen, weil der Preis immer noch zu hoch war.

Regel 4: Wenn dann der Verkäufer bereits die Hoffnung auf ein Geschäft aufgegeben hatte, wie zufällig zur eigentlichen Beute kommen, so in der Art „Ach, was ist denn das?" oder „Kann ich zwar nicht gebrauchen, sieht aber ganz putzig aus. Was soll's denn kosten?".

Oft konnte er dann einen sehr guten Preis rausschlagen, weil der Verkäufer sich freute wider Erwarten doch noch einen Handel abschließen zu können. Und wenn es klappte, dann war der Sinn des Fischzugs erfüllt. Meistens ging er danach im Hochgefühl des Erfolgs sofort zurück in seine Wohnung und hatte den ganzen Tag noch gute Laune.

Manchmal kam sie sogar noch mehrere Tage wieder sobald er die Beute erneut zu Gesicht bekam.
Das alles ging ihm durch den Kopf ohne dass dabei seine Aufmerksamkeit nachgelassen hätte. Er sah jeden Stand, jedes Detail der angebotenen Sachen, selbst Dinge, die unter oder hinter den Tischen platziert waren. Er war wie ein Jäger, hochaufmerksam, bereit zuzuschlagen, wenn ein lohnendes Ziel in Sicht kam.

Leider war er bis jetzt nicht erfolgreich gewesen. Vieles kannte er auch schon, schließlich war er hier öfter unterwegs und das Angebot wechselte nicht so stark von Woche zu Woche. Es war also Geduld gefragt. Wieder und wieder schauen, die Gänge auch in Gegenrichtung durchlaufen, mal rechts im Gang laufen, dann links im Gang laufen, denn ein geänderter Blickwinkel offenbarte manchmal auch völlig neue Einsichten.

Als es schon fast Mittag war und er bereits mehr als ungeduldig wurde, passierte es. Ein Stand mit Sanitärgeräten, Wasserhähnen, Handtuchhaltern und vieles mehr. Alles Neuwaren, doch ganz hinten an der Seite einige alte Messinggegenstände: verschiedene Kleiderhaken, ein paar Blumenväschen … und … ein Öllämpchen. Unscheinbar, ganz klassisch einfach und dabei wunderschön. Es sah alt aus, uralt. Das musste er haben!!

Er ging erst einmal bis zum Ende des Ganges um sich zu beruhigen. Dann kehrte er um, schlenderte langsam zurück und blieb danach an dem Stand stehen. Interessiert betrachte er eine Mischerbatterie, ein abgrundtief hässliches Ding mit teilvergoldeten

Griffen. Wer so etwas in seinem Bad montierte, hatte eine Meise. Trotzdem schaute er sich das Ding ganz genau an, zumindest sollte das der Verkäufer denken. In Wirklichkeit nutzte er die Zeit um sich das Öllämpchen genau anzuschauen. Was für ein Prachtstück! Eine schön gerundete Oberfläche war glatt bis auf wenige ausgesucht geschmackvolle Ornamente. Die Lampe wies keinerlei Schäden auf, war nur verschmutzt, was sich ja leicht beheben ließ. Hier aus der Nähe war sie noch schöner und Manfred war klar, die würde er kaufen, egal wie lange und zäh er verhandeln musste.

„Ein wirklich schönes Stück, macht jedes Badzimmer zum Badetempel!".

Manfred schreckte hoch, der Verkäufer war da. Also auf in den Kampf.
Alles entwickelte sich wie üblich:
- Manfred heuchelte Interesse, jammerte aber über den Preis
- Der Verkäufer senkte den Preis
- Manfred wiederholte wie gut ihm der Wasserhahn gefiele, doch der Preis überschritte sein Budget
- Der Verkäufer senkte den Preis noch einmal
- Manfred bedankte sich, wies aber darauf hin, dass es ihn immer noch ruinieren würde, schließlich müsse er auch noch etwas Geld für Nahrungsmittel übrig behalten
- Jetzt jammerte auch der Verkäufer, wies darauf hin, dass er schon fast am Einkaufspreis sei und die Standmiete ja auch bezahlt sein wolle. Doch weil Manfred ihm so sympathisch war, senkte er den Preis noch ein wenig

- Manfred sagte, dass er ja die Probleme verstehen könne und auch voll akzeptiere, er aber auch den ernüchternden Tatsachen in seinem Geldbeutel Rechnung tragen müsse, auch wenn die Gelegenheit ja wirklich günstig war
- Da war der Punkt erreicht. Der Verkäufer sagte, dass es billiger nun wirklich nicht mehr gehe
- Manfred antwortete, dass es ihm leid tue und er vielleicht in der nächsten Woche noch mal vorbeischaue, weil er dann eventuell etwas flüssiger sei

Dann schickte er sich an den Stand zu verlassen.
„Was ist das denn für ein Zeug?", fragte er dabei.
„Ist das Neuware? Sieht wie Messing aus."
Und schon war er wieder im Gespräch und der Verkäufer, froh über die Aussicht doch noch ein Geschäft zu machen, bot ihm direkt einen akzeptablen Preis für die Lampe an. Manfred zögerte noch ein wenig, akzeptierte dann aber. Die Lampe wurde eingepackt, Manfred zahlte und schon war er der stolze Besitzer.

Omar war zufrieden. Alles war prima gelaufen. Kaum hatte der Flohmarkt begonnen, da tauchte bereits dieser Trottel auf. Manfred Klein war sein Name und, wenn der Spruch „Nomen est Omen" je Gültigkeit gehabt hatte, dann bestimmt hier. Dieser Manfred hieß nicht nur Klein, er war auch klein. Trotz seines geringen Alters hatte er es bereits geschafft so richtig Mist zu bauen. Keine Ausbildung, mit den Eltern verkracht, keine Freunde geschweige denn eine Freundin und gerade mal so ein Auskommen mit Aushilfsjobs. Der stand nicht am Anfang, der war bereits ziemlich am Ende, er wusste es nur noch nicht. Die ideale Testperson für seinen Versuch also. Dem konnte er nach oben ungeahnten Spielraum eröffnen. Dann begann Manfreds Kaufaktion. Die Strategie war so durchsichtig, die hätte ein Blinder bei Nacht im Tunnel durchschaut. Hätte Omar nicht geringfügig Einfluss auf den Verkäufer genommen, der hätte Manfred bereits nach kürzester Zeit vom Stand gejagt. So aber glaubte Manfred seine Strategie sei erfolgreich gewesen, war hochzufrieden mit seiner Beute und zog glücklich von dannen ohne zu ahnen das er eine einschneidende Veränderung seines Lebens im Gepäck mit sich führte.

Manfred schwebte wie auf Wolken nach hause. Er hatte es geschafft, hatte es wieder geschafft. Seine bewährte Strategie hatte auch dieses Mal nicht versagt, hatte ihm diese tolle Lampe zu einem Minipreis verschafft. Er war einfach gut!!

In der Wohnung angekommen, packte er die Lampe sofort aus und stellte sie mitten auf seinen Couchtisch. Hier konnte er sie in Ruhe von allen Seiten betrachten. Und bei Tageslicht besehen, in der Flohmarkthalle war es ja reichlich düster, war sie noch schöner. Sie war das Tollste, was er seit Langem erworben hatte, nur der Schmutz störte etwas. Also schnell Jacke und Schuhe ausgezogen, Lappen und Poliermittel geholt und an die Arbeit. Der grobe Schmutz war schnell entfernt, doch dann kamen die Feinheiten. Aus den Ornamenten durfte er das Schwarze nicht entfernen, sonst kamen sie nicht mehr so gut zur Geltung. Vorsichtig putzt er bis an die Ziselierungen heran, denn die Oberfläche sollte ja komplett sauber werden. Dann war es soweit, er war fertig. Jetzt noch eine letzte Polierung und er besaß die tollste Öllampe dieser Galaxis.

Da passierte es: Leichter Rauch stieg aus der Öffnung der Lampe. Manfred stutzte, schaute genauer hin und stieß mit seiner Nase mitten in die dicke Rauchwolke, die plötzlich aus der Öffnung geschossen kam. Erschrocken sprang er zurück und wäre sicherlich hingefallen, wenn da nicht zum Glück seine alte Couch gestanden hätte. Dann lag er auf der Couch, wie ein Käfer auf dem Rücken und schaute fasziniert zu, was da mit der Wolke geschah.

Sie wurde dichter und dichter, zog sich zusammen und nahm immer mehr die Form eines Menschen an bis schließlich ein kleiner dünner Mann vor ihm stand. Gekleidet war er in eine Art Bademantel und auf dem Kopf hatte er einen alten Lappen zu einer Kopfbedeckung geformt. Das Gesicht war schmal mit einer kleinen spitzen Nase und wurde beherrscht von stechenden schwarzen Augen.

„Verzeiht Meister! Habe ich euch erschreckt? Da komme ich lieber später wieder."

Und schon löste sich die Gestalt erneut in Rauch auf, der in atemberaubendem Tempo zurück in der Lampe verschwand.

Manfred benötigte einige Minuten bis er wieder klar denken konnte. War das real gewesen? Da war er sich nicht so sicher. Allerdings sprach vieles dafür, denn er konsumierte ja seit längerem weder Alkohol noch sonstige Drogen. Aber was war dann hier geschehen? Vorsichtig näherte er sich der Lampe, die auf der Seite am Rande des Tisches lag, wo er sie hatte fallen lassen. Sie sah immer noch so aus wie vorher. Messing auf Hochglanz poliert mit feinen Ziselierungen an den Seiten. Zögernd streckte er die Hand aus und berührte sie leicht. Nichts geschah. Sie war immer noch genau so glatt und kühl wie zuvor. Mit den Fingerspitzen hob er sie an, bereit sie jederzeit von sich zu werfen, falls es nötig sein sollte. Aber nichts geschah. Schon wurde er mutiger, nahm sie richtig in die Hand und drehte sie in Zeitlupe bis er in die Öffnung schauen konnte. Leer!! Hatte er doch geträumt? Waren irgendwelche Phantasien seines Unterbewusstseins mit ihm durch gegangen? Er hatte

keine Ahnung. Es gab nur eine Möglichkeit das heraus zu finden, er musste es wiederholen.
Was hatte er gemacht, als es passierte?
Er hatte die Lampe poliert.
Also Tuch zur Hand und wieder gerieben! Sekundenlang passierte nichts, doch dann stieg von neuem leichter Rauch aus der Öffnung. Sofort stellte er die Lampe hin und trat einen Schritt zurück. Diesmal ohne auf die Couch zu fallen. Und auch dieses Mal schoss eine dicke Rauchwolke aus der Öffnung, verdichtete sich und der alte Mann stand erneut vor ihm.

„Ihr habt mich gerufen Meister?"

„J .. j .. ja! Wer bist Du?"

„Ich bin Omar, der Dschinn aus der Lampe. Was kann ich für euch tun, Meister?"

„Du bist ein Geist, Omar?"

„Kein Geist, ein Dschinn! Das ist ein großer Unterschied, Meister! Und betont bitte meinen Namen auf dem R am Ende, es klingt sonst wie die Bezeichnung eines alten Weibes."

„Was ist ein Dschinn? Und was könntest du für mich tun?"

Omar setzte ihm lang und breit auseinander, was es mit den Dschinnen auf sich hat, dass sie bevorzugt in alten Gegenständen wohnten und dem dienen, der die richtige Initiierung gebraucht. In diesem Falle das leichte Reiben der Lampe mit einem zarten Tuch.

Dschinnen waren nicht allmächtig, konnten aber für ihren Meister eine ganze Menge tun, hauptsächlich das Beschaffen oder Entfernen von Gegenständen.

Manfred war tief beeindruckt.

„Du sagst also, du könntest mir Gegenstände beschaffen?"

„Ja Meister! Wenn ich sie kenne oder Ihr sie mir ausreichend beschreiben könnt oder Ihr zeigt mir ein Bild."

„Und es gibt dabei keine Beschränkungen?"

„Doch, doch Meister. Meine Möglichkeiten sind nicht unbegrenzt. Zum Beispiel könnte ich nicht den Mond auf die Erde holen . . . . obwohl, eigentlich habe ich es noch nicht probiert . . . . nein, das wäre doch des Guten zu viel. Verbleiben wir so: Ihr, Meister formuliert den Wunsch und ich versuche ihn zu erfüllen, wobei es da Grenzen gibt. OK ??"

„Darüber muss ich erst einmal nachdenken. Lass mich jetzt bitte allein Omar."

„Wie ihr wünscht Meister."

Und wieder derselbe Vorgang: Eben noch Omar, dann Rauch der in der Lampe verschwindet und dann war Manfred wieder allein:

Dschinn

Omar war erstaunt. Das war verblüffend, wie schnell dieser Manfred die neue Situation akzeptiert hatte. Nicht lange nachgedacht sondern gleich gefragt wie er den unverhofften Helfer nutzen konnte. In solchen Momenten war ein einfaches Gemüt offensichtlich von Vorteil.
Jetzt wollte Manfred erst einmal nachdenken.
Omar konnte sich recht gut vorstellen was dabei heraus kam. Es würde auf die Erfüllung eines lang gehegten Wunsches hinauslaufen. Nichts Großes, denn Manfred war in seiner augenblicklichen Lebenssituation nicht auf große Wünsche eingestellt. Es würde irgendetwas aus dem Alltag sein, irgendetwas das sich Manfred schon lange gewünscht hatte, sich aber bisher nicht leisten konnte. Er durfte gespannt sein, jedoch würde er nicht lange auf die Folter gespannt werden, denn Manfred würde ganz versessen darauf sein das „Wünsch Dir was" auf die Probe zu stellen. Und außerdem war ja da auch noch das unterschiedliche Zeitempfinden von ihm und den Menschen. Nach seinen Maßstäben würde es nur einen winzigen Augenblick dauern.

 Dschinn

Manfred brauchte nicht lange nachzudenken. Seit langer Zeit steckte ihm eine Mikrowelle in der Nase. Die Dinger waren zwar nicht übermäßig teuer, trotzdem hatte es bisher nicht dafür gereicht. Dabei träumte er seit vielen Monaten davon. Nach der Arbeit zuhause schnell was in die Mikrowelle schieben und schwups hatte man eine warme Mahlzeit auf dem Tisch. Traumhaft!!

Also frisch ans Werk. Tuch nehmen, Lampe polieren und auf Omar warten.

„Ihr habt mich gerufen Meister?"

„Ja Omar, ich möchte, dass du mir eine Mikrowelle besorgst."

„Eine Mikrowelle? Was ist eine Mikrowelle?"

Da hatte er den Salat, der alte Geist, Pardon Dschinn, hatte natürlich keine Ahnung von den neuesten Errungenschaften der Technik. Wer in so einem alten Bademantel herumlief, kannte als einziges Erwärmungsmittel bestimmt nur das Lagerfeuer. Manfred versuchte nach bestem Vermögen Omar zu erklären was eine Mikrowelle ist.
Man kann damit das Essen erwärmen.
Und schon waren sie, wie befürchtet beim Lagerfeuer.
Es ist eine geschlossene Kiste, in der das Essen erwärmt wird.
Jetzt waren sie ein Stück weiter, bei den gemauerten Öfen im Palast des Großwesirs.
Es wird nicht mit Holz oder Kohle erwärmt sondern mit Strom.
Was ist Strom?

So kamen sie nicht weiter!!
Sendepause!!

Nach einiger Zeit war es Omar, der den Faden erneut aufnahm.
„Wenn du mir so ein Wellen-Dings zeigen könntest, Meister, dann könnte ich es dir auch beschaffen. Ein Bild würde wahrscheinlich reichen."

Das war es!! Mikrowellen wurden doch in jedem zweiten Prospekt angeboten mit denen sein Briefkasten täglich vollgemüllt wurde. Also ran an den Altpapierberg und gesucht. Es dauerte nicht lange und er hatte gefunden was er suchte.

Omar schaute sich das Bild lange an.
„So ganz habe ich immer noch nicht verstanden was für ein Apparat das ist, aber hier ist eine Adresse. Da werde ich jetzt hingehen und ein Wellen-Dings holen. Ich muss es ja nicht verstehen sondern nur wieder erkennen."

Und weg war…

Es dauerte nur Sekunden und Omar war erneut da, einen großen Pappkarton in den Armen, den er auf dem Tisch abstellte.

„Schaut Meister, Euer Wellen-Dings. Es war ganz leicht, denn auf den Kisten sind zum Glück Bilder."

Manfred war geplättet. Da stand tatsächlich eine Mikrowelle auf seinem Tisch. Es hatte geklappt, dieses Männeken konnte doch wahrhaftig Dinge besorgen. So ganz hatte er es bis jetzt nicht geglaubt. Schnell

packte er das Gerät aus, trug es in die Küche und schloss es an, dabei genauestens beobachtet von Omar, der nicht von seiner Seite wich. Jetzt noch der Funktionstest! Zehn Sekunden eingestellt und los. Nach kurzer Wartezeit bimmelte es. Sie funktionierte! Er war jetzt tatsächlich Besitzer einer Mikrowelle. Sofort holte er sein Sonntagsmenu, die Currywurst aus dem Kühlschrank, packte sie aus und ab in die Mikrowelle. Offensichtlich hatte er die Zeit zu lange eingestellt, denn mit einem dezenten „Puff" zerplatzte die Wurst und verteilte sich mehr oder weniger gleichmäßig im Inneren. Manfred öffnete die Tür und beschaute sich die Bescherung.
„So ein Mist! Kaum habe ich eine Mikrowelle, schon ist sie versaut. Wie bekomme ich die nur wieder sauber?"

„Kein Problem Meister, ich bin ja auch für das Entfernen von Dingen zuständig."

Es folgte eine kurze Handbewegung von Omar und schon war das Gerät wieder blitzsauber. Das beeindruckte Manfred fast noch mehr als die Beschaffung der Mikrowelle.
Aber in seinem Kopf arbeitete es bereits auf Hochtouren. Er benötigte unbedingt noch Lebensmittel, die er in der Mikrowelle zubereiten konnte. Also wieder an den Altpapierberg und einen Lebensmittelprospekt gesucht. Dann zeigte er Omar alle Fertiggerichte in dem Prospekt und der zog wieder los um sie zu holen. Auch dieses Mal dauerte es nur wenige Sekunden und sein Küchentisch war angefüllt mit einer Unmenge von Fertiggerichten. Dieser Omar war ein Genie. Nie mehr Einkaufen, nie mehr Geld für Einkäufe ausgeben, das Leben war toll. Bald duftete die Küche nach allen möglichen Gerichten, die Manfred, kaum zubereitet

kurz probierte und dann in den Müll warf. Er hatte es ja. Ab und an kam es auch noch zu Unfällen durch falsche Zeiteinstellungen, doch Omar richtete das jedes Mal im Handumdrehen. Drei Stunden und zwei Einkaufstouren später musste Manfred sich übergeben. Sein Magen wurde mit der Mischung aus all den Häppchen nicht glücklich. Danach entließ er Omar, legte sich auf die Couch, dachte weiter nach und schlief schließlich dabei ein.

Omar amüsierte sich prächtig. Was für ein Idiot. Hatte einen Dschinn, der ihm alle Dinge der Welt besorgen konnte und was wollte er? Eine Mikrowelle und Currywurst!!
Das hatte schon was.
Jetzt sollte er erst einmal ausschlafen und dabei die Ereignisse verarbeiten. Mal schauen, was ihm dann so in den Sinn kam.
Vielleicht konnte er ihn ja wieder so auf den Arm nehmen, wie bei der Mikrowelle.
Der hatte nur zu gerne geglaubt, dass Omar ein unterbelichteter Kuhhirte war, der keinerlei Einblick in das Leben in der Zivilisation der Jetzt-Zeit hatte.

Als Manfred aufwachte, musste er seine Gedanken erst einmal ordnen. Was hatte er für einen verrückten Traum gehabt. Er hatte eine Öllampe gekauft, in der ein Dschinn lebte und dieser Geist hatte ihm alle möglichen Wünsche erfüllt. Einfach toll. So etwas sollte er mal im wirklichen Leben haben.
Pfui, was hatte er für einen ekligen Geschmack im Mund, als ob er sich tatsächlich hätte übergeben müssen. Also schnell ins Bad und erst einmal die Zähne geputzt und kurz gewaschen. Heute war Sonntag, da wollte er doch das Computerspiel endlich beenden und konnte sich nicht erlauben zuviel Zeit zu vertrödeln.
Nach dem Bad fühlte er sich schon besser und der Hunger meldete sich. Vielleicht war ja noch etwas von der Marmelade da und er konnte sich ein leckeres Marmeladenbrot schmieren.
Am Eingang zur Küche blieb er wie angewurzelt stehen.

Da stand eine Mikrowelle auf der Ablage!!

Vorsichtig ging er hinein und betrachtete das Gerät von allen Seiten. Ohne Zweifel eine funkelnagelneue Mikrowelle der Luxusklasse. Wie kam die hier her? Sein Traum !! War da am Ende doch etwas Reales daran? Schnell öffnete er die Tür unter der Spüle, wo der Mülleimer stand. Randvoll mit allen möglichen Verpackungen!! Curry-Wurst, Buletten, Hähnchen-Nuggets, Geschnetzeltes in Sahne, mexikanische Pfanne und und und. Keine Frage, hier hatte eine Fressorgie stattgefunden. Das war zuviel!! Benommen taumelte er zurück ins Wohnzimmer und ließ sich auf die Couch fallen. Einige Minuten saß er so da, hielt die

Augen fest verschlossen und versuchte das Karussell in seinem Kopf zu stoppen.

Wenn das kein Traum war, dann musste auch die Lampe noch da sein!!

Vorsichtig öffnete er wieder die Augen und schaute sich um. Und wohin fiel sein erster Blick? Mitten auf dem Couchtisch stand eine kleine, schön verzierte, glänzend polierte Öllampe.

Wenn aber die Lampe real war, dann war ja vielleicht auch der Geist real!!

Sofort erinnerte er sich daran, wie man den Dschinn rufen musste und er nahm das Tuch, das neben der Lampe lag in die rechte Hand, dann die Lampe in die linke und fing sanft an zu reiben. Fast augenblicklich quoll dünner Rauch aus der Lampe. Aus dem Traum wusste er ja, was jetzt folgen würde und deshalb stellte er rasch die Lampe wieder hin und schaute zu, wie sich aus dem Rauch der alte Mann formte.

„Ihr habt mich gerufen Meister? Ich hoffe Ihr hattet eine angenehme Nachtruhe. Was kann ich für Euch tun?"

„Also ich hätte gerne . . . . . . einen neuen Kühlschrank, ja genau, so einen großen amerikanischen, einen Fridge."

„Einen Fridge? Meister, was ist ein Fridge?"

Da hatten wir das Problem wieder, schlagartig fiel ihm ein, welche Probleme er gehabt hatte Omar klar zu

machen was eine Mikrowelle ist. Da versuchte er erst gar nicht ihm einen Fridge zu erklären und einen passenden Katalog hatte er auch nicht. Was nun? Eigentlich überhaupt kein Problem, denn wie sagt man so schön: Wenn der Prophet nicht zum Berg kommt, dann …

„Omar, ich würde gerne mit dir ein wenig nach draußen gehen und dir dabei einen Fridge zeigen."

„Das ist eine hervorragende Idee Meister, lass uns sofort losgehen."

„Stopp Omar, es gibt dabei ein Problem. Deine Kleider. Wenn wir so unter die Leute gehen, fallen wir enorm auf und das will ich nicht."

Das war für Omar überhaupt kein Problem und nach einer Sekunde stand er in einer genauen Kopie von Manfreds Kleidern da. Das war jetzt auch nicht das Gelbe vom Ei, ein altes dürres Männchen in verwaschenen Jeans und einem karierten Flanellhemd. Nicht zu vergessen den alten Lappen auf dem Kopf, von dem er sich anscheinend nicht trennen konnte.

Er brauchte ein anderes Beispiel.

Manfred schaute aus dem Fenster. Aber alles, was es da zu sehen gab war ein älterer Türke. Aber was soll's!!
Und schon waren sie unterwegs und man musste sagen, so schlecht sah Omar nicht aus. Graue Hose, weißes Hemd und darüber ein altes braunes Jackett. Die Krönung war das Käppi auf dem Kopf. Ganz klar

hundert Prozent Verbesserung gegenüber dem alten Lappen.

Bald hatten sie das Kaufhaus erreicht, doch da gab es das nächste Problem. Heute war Sonntag und das Warenhaus war geschlossen.
Es dauerte einige Zeit bis Manfred Omar klar gemacht hatte, wo die Schwierigkeit lag, doch dann ging es schnell.
Eine knappe Handbewegung und sie standen im Mittelgang des Ladens, direkt vor den Kassen. Erst zuckte Manfred vor Schreck zusammen, doch nach wenigen Augenblicken begann er die Situation zu genießen. Davon hatte er bereits als Kind geträumt, am Sonntag ganz allein im Kaufhaus. Genüsslich stolzierte er durch die Gänge und schaute sich alles genau an. Dabei vergaß er nicht Omar in der Elektroabteilung auf die „Fridges" aufmerksam zu machen. Auch einige andere Dinge zeigte er ihm noch, nur so zur Vorsicht, man konnte ja nie wissen, was Omar noch so alles nicht kannte. Ach das Leben war schön!!

Da wurde sein Hochgefühl jäh unterbrochen. Polizeisirenen. Erst fern, dann immer näher bis sie direkt vor dem Kaufhaus erklangen. Manfred rannte ans Fenster und schaute hinaus. Drei Streifenwagen standen da und die Besatzungen waren ausgestiegen und näherten sich dem Eingang. Irgendjemand oder etwas musste ihr Eindringen bemerkt und Alarm geschlagen haben.

„Los Omar, schnell weg hier!!"

„Was ist los Meister, es ist doch so schön hier. All die Dinge, die euch gefallen."

„Bring uns nach hause, auf der Stelle!! Das ist ein Befehl!!"

„Wie ihr wünscht Meister."

Und schwupp standen sie wieder im Wohnzimmer. Manfred atmete auf. Das war gerade noch einmal gut gegangen.

„Schaut Meister, ich habe ihn nicht vergessen."

Manfred fuhr herum und da stand er, stand der Fridge aller Fridges. Silbergrau mit schwarzen Zierblenden, die große Ausgabe mit gigantischem Gefrierfach und Eiswürfelklappe an der Vorderseite. Omar hatte genau erkannt welcher Kühlschrank ihm am besten gefiel und ihn dann auch beim überstürzten Aufbruch nicht vergessen.

„Omar du bist einmalig!!

„Danke Meister."

Später machten sie dann noch einige Blitzausflüge in diverse Großmärkte um seinen neuen Liebling auch gebührend zu befüllen. Dann holte Manfred ein super leckeres Fertiggericht aus dem Kühlschrank, nämlich Sauerbraten mit Kartoffelklößen, und bereitete es in seiner Mikrowelle zu. Satt und rundum zufrieden entließ er Omar, ging zu Bett und war fast auf der Stelle eingeschlafen.

Dschinn

Omar war zufrieden. Dieser Manfred steigerte sich. Heute waren sie wenigstens mal raus gekommen und der Besuch im Kaufhaus hatte echt Spaß gemacht, besonders der Zwischenfall mit den Bullen. Er hätte sie ja erst in Sichtweite kommen lassen um dann zu verschwinden, aber Manfred war in solcher Panik gewesen, da hätte er am Ende einen Herzinfarkt bekommen.
Jetzt war er gespannt, was morgen so kommen mochte. Morgen war Wochentag, da konnte man problemlos überall hin und der Kreativität von Manfred waren kaum Grenzen gesetzt.

Es entwickelte sich!!

Und wenn die Dinge nicht so liefen, wie er sich das vorstellte, dann konnte er gegebenenfalls ja ein wenig nachhelfen.

Am nächsten Morgen war Manfred bereits sehr früh wach. Wilde Träume hatten seinen Schlaf begleitet und für ein vorzeitiges Ende seiner Nachtruhe gesorgt. Jetzt lag er da und überlegte, was er mit Omars Hilfe noch so alles für sich tun könnte.

Möbel !! Seine Wohnung war ja nicht gerade ein Paradebeispiel für geschmackvolle Möblierung, sondern vielmehr das Ergebnis einer Folge von Notbehelfen aus Geldmangel.

Das würde sich jetzt ändern.

Entschlossen stand er auf und inspizierte seine Gemächer. Der tolle, dicke, fette Kühlschrank stand noch im Wohnzimmer. Der musste in die Küche. Also erst einmal die Küche umgestalten.

Er holte Omar aus der Lampe und dann ging es los. Zuerst machte Omar einen Grundriss der Küche, damit sie was in der Hand hatten für das Küchenstudio. Dann kleideten sie sich neu ein, um dort auch richtig ernst genommen zu werden. Manfred entschied sich für eine schwarze Edeljeans, dazu ein Marken-Polohemd und darüber eine helle Wildlederjacke. An die Füße Mokassins eines sündteuren italienischen Designers, dessen Anzeige Manfred in der Zeitung gefunden hatte. Das war noch leger, sah aber nach jeder Menge Kohle aus. Omar entschied sich für schwarze Lackschuhe, dazu eine khakifarbene Hose mit Hemd in Rosa und einem senfgelben Jackett mit rosa Einstecktuch. Als oberer Abschluss ein weißer Panamahut.

Im Küchenstudio waren sie ein voller Erfolg. Als sie erzählten, dass sie für Omars Nichte, die Manfreds Cousine war als Überraschung zum bestandenen Abitur die Küche ihrer Studentenwohnung neu einrichten wollten, legte sich der Küchenberater voll ins Zeug. Das roch nach einem dicken Auftrag, denn sie hatten auf die entsprechende Frage hin durchblicken lassen, dass es nur auf einen gelungenen Einrichtungsvorschlag und nicht auf den Preis ankam. Einzige Randbedingung war der amerikanische Kühlschrank, an dem das Herz der Nichte hing und der deshalb integriert werden musste. Es dauerte eine gute Stunde, dann hatten sie einen hervorragenden Einrichtungsvorschlag. Sie bedankten sich, fragten welche Lieferzeit zu erwarten war, denn es sollte alles ganz schnell gehen sobald das Abitur unter Dach und Fach war und schon gingen sie wieder nach hause. Dort dauerte es nur wenige Minuten und Omar hatte den Entwurf Realität werden lassen. Manfred war begeistert.

„Mensch Omar, das ist ja ganz toll!! Morgen machen wir dann mit dem Wohnzimmer und dem Schlafraum weiter."

Danach weihte er die neue Küche ein. Putenschnitzel in Curryrahm aus dem Kühlschrank in die neue Mikrowelle, die „alte" von gestern hatte einer im Schrank integrierten weichen müssen und fertig war das Abendessen. Später blätterte er noch einige Zeit in den Möbelkatalogen, die sie unterwegs mitgenommen hatten, während Omar bereits in seiner Lampe verschwunden war und dann ging's ab ins Bett.

„Morgen machen wir dann mit dem Wohnzimmer und dem Schlafraum weiter" . . . täterätätä . . .
Das konnte ja heiter werden.
Omar brummelte in seinen nicht vorhandenen Bart.

Heute Küche einrichten war ja in Ordnung gewesen, besonders das Verkleiden zu Beginn hatte Spaß gemacht. Aber morgen schon wieder Möbel, klang nicht so aufregend.

Na ja, er durfte nicht so schnell ungeduldig werden. Er würde noch ein paar Tage mitspielen, wenn dann allerdings keine neuen Elemente ins Spiel kamen, würde er Einfluss nehmen. Bis dahin konnte er ja noch einige neue Kleidungskombinationen testen. Der Hut heute war interessant gewesen, da gab es bestimmt noch mehr auszuprobieren.

An einem Tag war die restliche Einrichtung natürlich nicht erledigt. Klar, es standen am Abend neue Möbel in allen Räumen, doch wie das so ist, kommen mit neuen Sachen auch neue Ideen und es wurde Sonntag bis die Wohnung einen vorläufigen Endstand erreicht hatte. Selbst die Küche hatte ein weiteres Re-Design hinter sich, wobei sogar der dicke fette amerikanische Kühlschrank einem Einbaugerät weichen musste. So nebenbei hatte Omar auch noch mehrmals die Tapeten gewechselt, Holzverkleidungen montiert und wieder demontiert, Bodenpaneele gegen Parket getauscht und Linoleum gegen Teppichboden. Auch mehre Generationen von Beleuchtungskörpern hatten ihre Visitenkarte abgegeben, nicht zu vergessen die zwei Dutzend Vorhänge und Gardinen.

Jetzt war es Fünfzehn-Uhr und Manfred saß mit Omar in der Wohnlandschaft, total erschöpft. Omar setzte gerade seinen neuen Stetson ab und legte ihn auf den Tisch. Heute trug er Cowboystiefel, Bluejeans, ein Rüschenhemd und darüber ein Samt-Jackett. Dazu als Abrundung den Stetson, der jetzt auf dem Tisch lag.

„Meister, entspricht die Wohnung nun deinen Wünschen?"

„Alles hervorragend Omar, schöner könnte es gar nicht sein. Du hast hervorragende Arbeit geleistet."

Omar stand auf, schlenderte ans Fenster und schaute hinaus.

„Schade nur, dass der Blick aus dem Fenster so trist ist, dadurch wird der positive Eindruck gemindert."

„Was ??" Manfred sprang auf, kam zu Omar ans Fenster und schaute ebenfalls hinaus.

Kopfschüttelnd lief er danach im Zimmer auf und ab, blieb mehrfach am Fenster stehen um erneut hinauszublicken, schaute sinnend zur Decke und bedeutungsschwanger auf den Boden, kam aber augenscheinlich zu keinem Ergebnis. Letztendlich entließ er Omar in seine Lampe ohne einen Kommentar.

Omar war zufrieden. Hätte er gerade ein Gesicht gehabt, dann hätte er breit gegrinst.

Es war ja so einfach diesen Manfred zu manipulieren.

Eine geschickt platzierte Bemerkung und schon sprang er darauf an. Omar konnte sich bereits gut vorstellen mit was Manfred ihn am nächsten Tag beschäftigen würde. Natürlich nicht im Detail, aber die Richtung war klar.
Es gab zwei Möglichkeiten:
Entweder Manfred würde umziehen wollen, irgendwohin, wo das Ambiente besser war
oder er würde seine Straße verändern wollen, wobei Omar die zweite Variante bevorzugen würde.

Er wollte ja, dass Manfred hinausging, dass die Dinge, die er mit Omars Hilfe tat Außenwirkung bekamen, er sollte sein Schneckenhaus verlassen und sich mit der Welt beschäftigen und Omar hatte so ein Gefühl, dass es klappen würde. Dann würde man sehen, wie Manfreds Ego auf die Welt reagieren würde, die er im Moment nach bestem Vermögen aus seinem Leben heraushielt.

Am nächsten Morgen hielt Manfred mit Omar eine Besprechung ab, die er mit den Worten eröffnete

„Die Straße muss sich verändern!!"

Dann erzählte er Omar, dass es bereits Pläne für eine Verschönerung seiner Straße gegeben hatte, die aber nach langen politischen Auseinandersetzungen irgendwann in der Versenkung verschwunden waren. Manfred hatte sich die Pläne damals in der Zeitung angeschaut und recht gut gefunden, deshalb würde er versuchen sich an möglichst viele Details zu erinnern.

„Warum diese Mühe?", fragte Omar. „Jede Zeitung hat ein Archiv und wenn du noch ungefähr weißt, wann das war, dann haben wir es bald gefunden."

„Das ist kein Problem.", antwortete Manfred. „Das war vor zwei Jahren im Frühjahr. Das weiß ich deshalb so genau, weil ich damals die Wohnung hier gemietet habe und der Vermieter mir mit den Straßenverschönerungsplänen die Wohnung zusätzlich schmackhaft machen wollte."

Damit war alles klar und sie machten sich auf den Weg.

Omar nutzte die Gelegenheit wieder zu einem neuen Outfit. Diesmal ganz gediegen mit grauem Nadelstreifenanzug, dazu ein weißes Hemd und blaue Krawatte mit silbernen Schrägstreifen. Eine Kopfbedeckung durfte natürlich auch nicht fehlen. Er entschied sich für einen echten englischen Bowler und passend dazu ein gerollter schwarzer Stockschirm.

Daneben kam sich Manfred richtig schäbig vor, doch er hatte nicht die Energie sein Äußeres schon wieder zu verändern. Omars Energie schien dagegen unerschöpflich zu sein, wenn es um Kleidungsfragen ging.

Bald hatten sie die Zeitung erreicht und es war kein Problem ins Archiv zu gelangen. Der Mitarbeiter dort fragte sie nach ihrem Interesse und als er hörte, dass es um Artikel aus dem vorletzten Jahr ging, führte er sie an einen Bildschirm, wo sie online recherchieren konnten. Diese Jahrgänge waren bereits voll digital verfügbar.

Schon bei der ersten Anfrage mit dem Straßennamen als Stichwort wurden sie fündig. Es existierten insgesamt fünf Artikel zu diesem Stichwort und alle beschäftigten sich mit der Verschönerung. Besonders einer war sehr ausführlich und enthielt sogar Pläne. Gegen eine geringe Gebühr wurden ihnen alle Artikel auf eine CD gebrannt, dann füllte Manfred ein Überlassungsformular aus, in dem er sich verpflichtete bei jeder Veröffentlichung die Zeitung als Quelle zu nennen und schon waren sie wieder auf dem Heimweg.

Omar hätte sich in den Hintern beißen können, wenn er denn einen gehabt hätte. Wie hatte er nur so blöde sein können. Leicht zu manipulieren, ohne Frage, dieser Manfred war leicht zu manipulieren. Das hatte aber auch zur Folge, dass man jedes Wort genau überdenken musste bevor man es auf Manfred los ließ, sonst konnte die Manipulation auch nach hinten losgehen.

Es hatte alles so schön angefangen am Morgen. Manfred hatte sich wie erhofft für die Straßenverschönerung entschieden. Danach brauchten sie auch nicht lange Pläne zu schmieden, denn es gab ja bereits welche. Diese hatten sie später völlig problemlos bei der Zeitung gefunden, es hätte sich perfekter kaum noch entwickeln können. Zurück in der Wohnung hatten sie sich sofort an den PC gesetzt und anhand der Artikel angefangen konkrete Pläne zu entwerfen. Das Ziel war greifbar nahe, doch dann hatte er den Mund nicht halten können.

„Der Bildaufbau ist ja ätzend langsam. Was für eine Gurke von PC ist das hier?"

Erst erklärte ihm Manfred, dass er selbst wisse wie lahm sein Rechner sei. Der PC sei halt das Beste, was er sich leisten könne. Dann Pause, es machte bei Manfred „Klingelingeling", ein Lächeln breitete sich auf seinem Gesicht aus und dann ging es los.

„Mann bin ich blöde. Das muss ich mir ja jetzt gar nicht mehr rein tun. Mit deiner Hilfe steht mir ja ab sofort der Computerhimmel offen. Da werde ich auf der Stelle meine Traumkonfiguration zusammenstellen. Ach Omar, ich könnte dich küssen!!"

Dann hatte er ihn in seine Lampe geschickt, um besser nachdenken zu können. Seitdem saß er am Tisch mit Papier und Bleistift, hatte aus irgendeiner Ecke einen Stapel Prospekte geholt und war fortlaufend am Murmeln. Es ging um Tausende Megahertz Taktrate, Gigabyte Speicher, noch viel mehr Gigabyte an Plattenplatz, Plattenspiegelung mit Raid-Controller, Firewire-Anschluß, TFT-Bildschirm und Vieles mehr.
Die Straßenverschönerung war total vergessen.
Wie gesagt, hätte Omar einen Hintern gehabt . . .

Die darauf folgenden Tage verbrachten sie von morgens bis abends in Computerläden. Konfigurationsvorschläge wurden mit mehr oder weniger kompetentem Fachpersonal erarbeitet, nur um bald darauf wieder verworfen zu werden. Die Hoffnung wurde dann auf den nächsten Laden gesetzt, wo sich das Spiel wiederholte. Gegen Abend des ersten Tages waren sie, nach Omars Gefühl, fast am Ziel gewesen. Doch dann hatte so eine Pappnase von Verkäufer eine neue Dimension in das Problem eingeführt: „Case Modding". Man packte heute seine Komponenten nicht mehr einfach in ein passendes Gehäuse, nein, der PC-Freak von Welt steckte das in einen supergeilen Case im Airbrush-Design und Fenster mit Beleuchtung. Damit war man auf jeder Game-Party der ungekrönte König und wurde von allen beneidet. Technik kaufen konnte ja jeder Depp, aber einen stilvollen Case auftun, da schieden sich die Schafe von den Böcken.

Omar hätte diese Labertasche am liebsten erwürgt, doch was hätte das genützt. Die Idee saß bereits in Manfreds Kopf und da bekam er sie auch nicht mehr heraus. Also gute Miene zum langweiligen Spiel und brav mitgetigert von Laden zu Laden.

In einem der ersten Geschäfte hatte er zum Glück einige Bilder von Bands aus den Sechsziger und Siebziger Jahren entdeckt und das hatte ihn zu ungeahnten Kleidungsvarianten inspiriert.

Heute zum Beispiel trug er extrem spitze hochhackige Stiefel, dazu eine hautenge Hose in Schlangenhautoptik, ein Rüschenhemd mit einer Jacke darüber, die aus einem bunten Couchbezug

geschneidert war. Das I-Tüpfelchen bildete der schwarze Zylinder, der mit einigen farbigen Chiffonbändern aufgepeppt war.

Manfred hatte ihn so erst nicht mitnehmen wollen, doch Omar war hart geblieben. Wenn er schon da überall hin mitgehen musste, dann wenigstens in Klamotten, die ihm Spaß machten. Und es machte Spaß, denn in jedem Laden war ihnen die ungeteilte Aufmerksamkeit sicher.

„Omar, komm mal her und schau dir das an."

Sein Typ war gefragt, denn Manfred hatte mal wieder eine Konfiguration fertig. Auf dem Tisch stand ein Plexiglasgehäuse, das zum Teil mit Tribal-Motiven in Airbrush-Technik geschmückt war, trotzdem aber einen guten Blick ins Innere erlaubte. Netzteil und mehrere Zusatzlüfter pulsierten in verschiedenen Farben, gesteuert durch die Soundanlage. Sogar Omar musste zugeben, dass das Teil etwas Besonderes war. Es hatte was, ohne Zweifel und als er jetzt nickte, waren sie am Ziel. Manfred sagte zum Verkäufer, dass sie den Rechner so mitnehmen würden. Es stellte sich heraus, dass die Montage der Wunschkomponenten noch ca. zwei Stunden dauern würde, doch darauf kam es jetzt auch nicht mehr an. Sie hatten es geschafft und konnten sich endlich wieder den wirklich wichtigen Dingen zuwenden. Omar bezahlte zur Abwechslung das Teil mal, denn Geld konnte er natürlich genauso beschaffen wie alle anderen Dinge.

Wenn Omar allerdings geglaubt hatte, jetzt könne es wieder mit der Straßenverschönerung weitergehen, dann hatte er sich gründlich getäuscht. Beim Einspielen der Software auf dem neuen Rechner, fiel Manfred auch sein angefangenes Abenteuerspiel in die Hände und schon hatte ihn das Spielfieber wieder gepackt.

„Komm Omar, das musst du dir anschauen. Das ist ja so spannend und die Rätsel sind echt krass schwer."

Da das Spiel auf dem neuen Rechner auch neu installiert war, gab es keine Sicherung der Spielstände und Manfred musste das Spiel ganz von Anfang an erneut durchspielen. Omar setzte sich daneben, in der Hoffnung das Ganze beschleunigen zu können indem er bei den Rätseln Tipps gab. Anfangs klappte das auch ganz gut, denn erstens kannte Manfred die meisten Rätsel noch und zweitens waren die Rätsel zu Beginn auch nicht so sonderlich schwer. Doch das änderte sich nach und nach. Bald waren sie beide im dicksten Spielfieber. Sie spielten den ganzen Tag und Omar, der ja weder Hunger noch Durst bekam, hätte ohne Pause durchgespielt, doch Manfred machte ab und an schlapp. Dann legten sie eine kurze Rast ein und Manfred nahm einen Imbiss, während dem sie aber bereits diskutierten, wie das nächste Rätsel wohl zu lösen war. Es war bereits weit nach Mitternacht, als sie an einem besonders fiesen Rätsel fest hingen.

Sie waren gezwungen in ein Gebäude zu gelangen, was sich als sehr kompliziert herausstellte. Der unbewachte Hintereingang war verschlossen und sie konnten den Schlüssel nicht finden. Sobald sie

versuchten die Tür mit Gewalt zu öffnen, kamen die Wachen und sie wurden gefangen genommen.

Der Vordereingang war zwar offen, es stand aber eine Wache davor. Sie versuchten diese zuerst zu überreden, doch der hörte nicht zu, sondern schickte sie immer wieder weg. Dann versuchten sie mit ihm zu kämpfen, doch sie hatten keine Chance. Welche Technik sie auch ausprobierten, irgendwann warf er sie zu Boden mit den Worten:

„Das hat echt Spaß gemacht mit dir zu trainieren, deshalb lasse ich dich auch am Leben. Aber jetzt verschwindest du besser!!".

Danach wiederholte sich jeweils dieselbe Prozedur: Gesicherten Spielstand laden, neue Taktik austüfteln und schon ging es wieder los.
Morgens um Fünf kapitulierte Manfred vorläufig.

„Ich kann nicht mehr denken!! Deshalb gönnen wir uns beide eine Schlafpause und danach geht es wieder frisch ans Werk."

Schlafpause?? Dieser Trottel. Omar hatte keine Schlafpause nötig. Um genau zu sein, er schlief sowieso nie. Dschinnen schlafen nicht!!

Also hing Omar in seiner Lampe rum und zermarterte sich das Hirn, wie sie in dieses vermaledeite Gebäude gelangen konnten.

Als Manfred mittags um Drei wieder aufwachte, war ihm allerdings immer noch nichts erfolgversprechendes eingefallen. Nach einem schnellen Frühstück ging Manfred dann noch mit Kaffeebecher wieder ans Gerät.

Neuer Angriff, diesmal mit Zauberkraft.
Kurzer Kampf und identisches Ergebnis wie zuvor.

„So ein Mist !! Jetzt habe ich aber langsam die Nase voll.", rief Manfred und knallte die Maus auf den Tisch, die nach kurzem Aufspringen vom Tisch verschwand. Jetzt mussten sie erst die Maus suchen, bevor sie weiterspielen konnten und das brachte die Wende. Dadurch, dass sie nicht sofort die Sicherung laden konnten, sahen sie jetzt, dass der Held am Boden liegend einen Schlüssel unter dem Stuhl der Wache entdeckte, den er heimlich an sich nehmen konnte. Nachdem er sich aufgerappelt und entfernt hatte, probierte er den Schlüssel am Hintereingang und das war dann die Lösung.
Manfred und Omar schimpften bestimmt zehn Minuten auf die Spielentwickler.

„Wer soll denn auf so was kommen? Das ist ja wohl das bescheuertste Rätsel, das ich je gesehen habe!! Da muss man sich erst verprügeln lassen, um an diesen blöden Schlüssel zu kommen, noch unlogischer geht's ja nicht."

So in der Art ging es die ganze Zeit, bis sie sich wieder einigermaßen beruhigt hatten.

Danach verlief der Rest schnell und problemlos.
Bereits kurz vor Mitternacht hatten sie das Spiel dann

erfolgreich durchgespielt und waren stolz, glücklich und Manfred darüber hinaus auch wieder todmüde, was ihn sofort zu Bett gehen ließ.

Omar war nachdenklich. Ein Grundpfeiler seiner bisherigen Meinung über die Menschen war ins Wanken geraten.

Er hatte fest geglaubt, dass diese modernen Freizeitbeschäftigungen nur etwas für Beschränkte seien, die nicht genügend Intelligenz und Kreativität für anspruchsvolle Dinge mitbrachten, doch jetzt war er selbst dem Reiz dieser neuen virtuellen Welt erlegen.

Und was das Schlimmste war, es hatte einen riesigen Spaß gemacht und, wenn er ehrlich war, würde er es gerne wiederholen. Auch in einem Dschinn steckte offenbar tief im Innern dasselbe Spielkind, wie in vielen Menschen. Es reichte halt nicht, die Dinge distanziert zu betrachten, man musste sich schon etwas genauer damit beschäftigen, wenn man sie beurteilen wollte.

Am nächsten Morgen erwachte Manfred voller Tatendrang und zur Überraschung von Omar stand plötzlich wieder die Straßenverschönerung auf dem Plan.

Nachdem sie die Pläne aus der Zeitung studiert und hier und da noch etwas abgeändert hatten, ging es an die Planung der Durchführung.
Natürlich hätte Omar das alles in kürzester Zeit realisieren können, doch bei einer derartig schnellen Veränderung, wäre es ja offensichtlich gewesen, dass hier etwas nicht mit rechten Dingen zuging. Das wollte Manfred auf keinen Fall, sondern es schwebte ihm vor das Alles ganz natürlich ablaufen zu lassen, um dann zu sehen, wie Politik und Presse darauf reagierten, wenn Baumaßnahmen durchgeführt wurden, die von Niemand geplant und in Auftrag gegeben waren.

Also entwickelten sie einen ausgeklügelten Bauablauf und konnten dann gemütlich vom Fenster aus dem Treiben zuschauen. Sie hatten sich auf eine Gesamtlaufzeit der Baumaßnahmen von einer Woche geeinigt. Das war natürlich immer noch sehr kurz, jedoch hoffentlich lange genug, um niemand misstrauisch werden zu lassen.

Zuerst wurde über Nacht die eine Hälfte der Straße gesperrt, das heißt es wurden Hinweisschilder angebracht, die den Baubeginn für den nächsten Tag ankündigten mit der Androhung alle dann noch geparkten Autos abschleppen zu lassen. Am nächsten Morgen verschob Omar die wenigen noch stehenden Wagen in angrenzende Straßen und es wurden Metallgitterzäune aufgestellt und ein Bauwagen platziert. Im Laufe des Tages folgten dann Haufen von Material wie

Sand und Kleinpflaster und über Nacht entstanden erste Löcher, wo der alte Belag entfernt wurde. So ging es dann Schritt für Schritt weiter, wobei Omar glaubhaft versicherte, dass auch ein aufmerksamer Beobachter nicht bemerken würde, dass es hier nicht mit rechten Dingen zuging.

Vom Fenster aus konnten sie mit anschauen, wie die Anwohner miteinander diskutierten und dabei auf einzelne Bereiche der Baustellen zeigten. Doch wenn sie insgeheim erwartet hatten, dass irgendwann die Polizei auftauchen würde, wurden sie enttäuscht.

Nach drei Tagen war die eine Hälfte der Straße fertig. Parkbuchten und Bauminseln sorgten dafür, dass hier keiner mehr durchrasen konnte und verschieden-farbiges Kleinpflaster und das Grün sorgten für eine angenehme Optik. Manfred war zufrieden und sie nahmen die zweite Hälfte in Angriff, die genauso problemlos über die Bühne ging, wie die erste. Dann kam der große Tag, die Baustelle wurde entfernt und die Straße wieder für den Verkehr freigegeben. Es dauerte dann auch nicht lange und der Verkehr rollte wieder, die Parkbuchten füllten sich und erste Hunde verrichteten ihr Geschäft an den neuen Bäumen.

„Das ist doch mal eine schöne Straße!"

Manfred klopfte Omar begeistert auf die Schulter.

„Jetzt bin ich gespannt, wie die Reaktionen der Presse ausfallen werden."

Am nächsten Morgen machten sie einen Spaziergang „ihre" Straße entlang zum Kiosk und kauften alle

Regionalzeitungen, die sie, zuhause angekommen, sofort durchsuchten. Nichts! Nicht eine einzige Zeile über den Straßenumbau.

„Vielleicht geht das alles nicht so schnell, wir schauen morgen noch mal nach", war Manfreds enttäuschter Kommentar.

Es dauerte noch zwei Tage, dann erschien ein kleiner Artikel im Tagesanzeiger, in dem die gelungene Umgestaltung der Straße gelobt wurde. Am Tag darauf dann Artikel in allen Zeitungen, man war aufmerksam geworden. Ein Mitarbeiter des Stadtbauamtes erklärte im Interview, dass die Stadt ja ständig bemüht sei den Wohnwert anzuheben und dass diese Umgestaltung nur eine von vielen Maßnahmen sei, die den Bürgern zeige, wie der Bürgermeister seine Wahlversprechen auch einhalte. Am nächsten Tag erschien dann der Bürgermeister höchstpersönlich zu einer Begehung mit einem Tross von Reportern im Schlepptau und seinem persönlichen Referenten, der die einzelnen Maßnahmen detailliert erläuterte.

Manfred und Omar mischten sich unter die Zuschauer, wobei Omar für diesen Anlass etwas unauffälligere Kleidung gewählt hatte.

Er trug eine graue Hose zu einem Tweed-Jackett im „Salz und Pfeffer"-Look mit passender Tweed-Mütze auf dem Kopf.

Von dem, was sie miterlebten waren sie geplättet. Sie hatten mit Aufregung und der Suche nach Verantwortlichen gerechnet, stattdessen wurde das alles problemlos von der Politik vereinnahmt ohne nach

dem Wieso oder Woher zu fragen. Sie erhielten hier eine eindrucksvolle Demonstration von politischem Handeln.

Am nächsten Tag stand dann noch ein Bericht über die Begehung in den Zeitungen, natürlich mit Bildern von einem gut gelaunten Bürgermeister, der stolz seine Großtaten präsentierte. Damit war das Thema dann aber auch erledigt, denn am folgenden Tag war nichts mehr darüber in den Zeitungen zu finden.

Omar hatte mal wieder was zum Grübeln, denn sein Vorhaben Manfreds Wirken in die Öffentlichkeit zu bringen, hatte zwar geklappt, aber nicht so, wie er sich das vorgestellt hatte.

Keiner hatte nach dem Verursacher gefragt, sondern alle hatten sich im Scheinwerferlicht des Erfolges gesonnt und Manfred saß immer noch anonym in seiner Wohnung. Er würde sich was Neues ausdenken müssen.

„Schau mal Manfred, was in deiner Nachbarschaft so abgeht!"

Mit diesen Worten legte Omar am nächsten Morgen die Zeitung hin und auf der aufgeschlagenen Seite war ein Artikel markiert. Darin beklagte sich der Kindergarten in der nächsten Querstraße darüber, dass die Umgestaltung seines Spielgeländes zum wiederholten Male von der Stadt nicht genehmigt worden war. Die Kinder mussten jetzt weiterhin mit dem langweiligen und gefährlichen Teerplatz vorlieb nehmen, der nur einige verrostete Stahlrohrgeräte enthielt.

Wie erwartet sprang Manfred sofort darauf an.

„Da müssen wir was unternehmen, Omar! Das kann nicht angehen, dass bei mir um die Ecke die armen Kinder nicht sicher und mit Spaß spielen können."

Kurz darauf waren sie auch schon unterwegs zu einer Ortsbegehung.

Da die Sonne schien und die Temperaturen angenehm warm waren, wählte Omar offene Strandsandaletten mit Ringelsöckchen. Dazu knallgelbe Bermudashorts und ein großblumiges Strandhemd, abgerundet durch ein weißes Sonnenschild, wie er es in einer Tennisreklame gesehen hatte.

Dagegen war Manfred praktisch unsichtbar mit seinen Jeans und dem T-Shirt.

Der Spielplatz bot wirklich einen traurigen Anblick. Zwar war er von der Größe her OK, doch das war auch bereits das einzige Positive, was man darüber

sagen konnte. Der Boden war mit einer grauen Teermasse überzogen, die so rau und hart war, das jeder Sturz unweigerlich zu Abschürfungen führen musste. Die Spielgeräte waren uralt, verrostet und nicht dazu angetan Kinder zum Spielen zu animieren. Omar erfasste das Gelände in allen Abmessungen auf einer Skizze und dann machten sie sich wieder auf den Heimweg.

Die Planung eines neuen Spielplatzes gestaltete sich nicht so einfach, wie sie sich das gedacht hatten. Die eigenen Erfahrungen lagen zu lange zurück und über die neuesten Trends einer kindgerechten Spielplatzgestaltung mussten sie sich erst informieren. Zum Glück fanden sie im Internet eine Homepage, die sich ausführlich mit diesem Thema beschäftigte und eine Fülle von Planungsbeispielen und Hersteller-Links enthielt. Sofort machten sie sich auf den Weg und statteten dem Hersteller, der ihnen am kompetentesten erschien einen Besuch ab.

Omar wählte den blauen Nadelstreifenanzug, das schien ihm angemessen als leitendem Mitarbeiter des Stadtbauamtes, den er darstellen sollte.

Manfred, als sein angeblicher Mitarbeiter passte sich mit einem hellgrauen Business-Anzug an.

Omar hatte seine Handskizze noch schnell umgewandelt in einen professionellen Lageplan und so wurden sie in der Spielgerätefabrik mit offenen Armen empfangen, zumal sie ihr Kommen und den Hintergrund vorab telefonisch angekündigt hatten.

Nach einer Tasse Begrüßungskaffee wurden sie in die Planungsabteilung geleitet, wo ein junger engagierter Mitarbeiter sich ihrer annahm.

Bald war der Tisch gefüllt mit Skizzen, Gerätelisten und Preiskalkulationen. Der Firmenmitarbeiter geriet so richtig in Begeisterung, als er merkte, dass am Preis nicht gespart werden musste, wie er das sonst immer erlebt hatte. Bis zum Mittag hatten sie sich immer noch nicht für eine der vielen Varianten entscheiden können, diskutierten aber in der Gästekantine beim Mittagessen eifrig weiter. Danach machten sie noch einen Rundgang über die Demo-Spielplätze der Firma um dann mit neuen Ideen zurück an die Arbeit zu gehen. So gegen vier Uhr nachmittags hatten sie dann den Entwurf unter Dach und Fach, bedankten sich und stellten eine rasche Beauftragung in Aussicht, die Zustimmung der Stadtverordneten vorausgesetzt.

Wieder zuhause diskutierten sie sodann die Umsetzung und entschieden sich schließlich, nicht zuletzt durch den Einfluss der geschickten Psychologie von Omar, für folgendes Vorgehen:
Sie würden zuerst den Kindergarten davon unterrichten, dass ein großzügiger Spender aus der Nachbarschaft bereit war den Umbau des Spielplatzes zu finanzieren und auch die gesamte Planung und Abwicklung zu übernehmen. Da der Spender aber anonym bleiben wolle, müsse der Kindergarten ein großes Schild ins Fenster hängen mit der Aufschrift „Wir freuen uns auf den neuen Spielplatz".
Nach erfolgter Zustimmung würde Omar dann am darauf folgenden Wochenende den Umbau bewerkstelligen.

Gesagt, getan, deponierten sie noch am selben Abend das Spenderschreiben im Briefkasten der Einrichtung und warteten an den folgenden Tagen gespannt auf eine Reaktion. Die Zeit vertrieben sie sich mit einem neuen Abenteuerspiel, das sie erfolgreich so fesselte, dass die Wartezeit wie im Flug verging.
Am Donnerstag fiel dann der Startschuss. Quer über alle Fenster des Kindergartens wurde der Schriftzug mit der vereinbarten Botschaft angebracht, gemalt augenscheinlich von den Kindern in vielen bunten Farben.
Manfred strahlte über alle vier Backen und war glücklich. Die Zeit bis zum Wochenende überbrückten sie, indem sie das Abenteuerspiel zum Ende brachten und dann ging es los.

In der Nacht von Freitag auf Samstag starteten sie und Omar waltete seines Amtes.
Zuerst verschwanden alle alten Spielgeräte, dann der Teerbelag, der einer weichen Sandaufschüttung mit diversen Grüninseln Platz machte.
Darauf erschienen dann nach und nach die neuen Spielgeräte, viel Holz mit Gummimatten in kritischen Bereichen.
Das Herzstück war eine Art Ritterburg mit Palisaden, Rampen, Wackelbrücken und Rutschbahnen.
Manfred hätte am liebsten alles gleich selbst ausprobiert. Es sah einfach toll aus und hochzufrieden traten sie den Heimweg an. Am Montag würden sie, gut versteckt zur Stelle sein um zu beobachten, wie die Reaktionen waren.

Omar schmunzelte vor sich hin. Das hatte nicht nur Freude gemacht, nein, das ging auch genau in die richtige Richtung.

Manfred hatte sich zu dieser Version der Realisierung von ihm hinreißen lassen, ohne zu überlegen, dass dieses Mal die Frage nach dem Spender unweigerlich hochkommen musste. Und der Spender war ja einer aus der Nachbarschaft, das brachte den Fokus an die richtige Stelle. Eventuell konnte man ja Manfred, ermutigt durch die glücklichen Kinderaugen sogar dazu bewegen sich selbst zu outen. Omar hatte da bereits eine prima Geschichte von einem Philantrop im Hinterkopf, der, um anonym zu bleiben, Manfred mit der Durchführung seiner wohltätigen Werke beauftragt hatte.

Ja, ja, sie waren auf dem richtigen Weg und die Dynamik würde unweigerlich noch zunehmen.

Das Wochenende verbrachten sie erneut am Computer, wobei Manfred es diesmal ruhig angehen ließ und kein komplettes Abenteuerspiel in Angriff nahm, sondern sich nur auf den einschlägigen Web-Seiten über Neuerscheinungen informierte. Dabei lud er einige Demos von neuen Spielen herunter und sie testeten was diese so zu bieten hatten. Einige darunter sahen sehr vielversprechend aus und Omar musste sie sofort besorgen damit ein ausreichender Vorrat für zukünftige Spielabende vorhanden war. Da wollte Manfred keine Engpässe aufkommen lassen seit er so einen leistungsfähigen Rechner hatte und außerdem einen Kumpel wie Omar, der auch so gerne spielte.

Dazwischen war aber noch genug Zeit für exotische Experimente in der tollen, neuen Küche.

So verging das Wochenende wie im Flug und schon war es Montag und sie standen gut getarnt hinter einer Hecke und beobachteten den neuen Spielplatz, mächtig gespannt auf das, was da kommen würde.

Omar trug Springerstiefel, Combat-Hosen im Camouflage-Look, dazu ein weißes T-Shirt mit einer oliv-farbenen Armeejacke darüber und passend dazu ein amerikanisches Armee-Käppchen. Manfred hatte gegen dieses Outfit zuerst protestiert, es dann aber akzeptiert als Omar argumentierte, dass sie ja schließlich nicht gesehen werden wollten.

Bereits kurz vor sieben Uhr kam die erste Betreuerin im Sauseschritt die Straße entlang, erkennbar bemüht eine Verspätung aufzuholen. Dadurch kam es, dass sie bereits fast am Spielplatz vorbei war bevor sie

realisierte, dass sich da was geändert hatte. Dann allerdings war die Wirkung enorm. Wie vom Donner gerührt blieb sie stehen, schaute bestimmt mehre Minuten wie hypnotisiert auf das Bild, das sich ihr bot und schlug schließlich die Hände vors Gesicht. Dann rannte sie zum Eingang, schloss auf und war verschwunden.

Augenscheinlich hatte sie sofort telefoniert, denn es dauerte nicht lange und alle ihre Kolleginnen kamen angehastet. Gemeinsam fand dann eine ausführliche Begehung des neuen Spielplatzes statt. Zuerst wurde alles nur in Augenschein genommen, aber schon bald kam vorsichtiges Ausprobieren hinzu, das kurze Zeit später in eine ausgelassene Spielparty ausartete. Diese endete auch nicht mit der Ankunft der ersten Eltern mit ihren Kindern, denn die fügten sich sofort nahtlos ein bis es zu erstem Kindergeschrei kam, weil die Eltern und Betreuerinnen kaum Platz für die Kleinen ließen. Das wirkte dann und das Bild normalisierte sich. Die Kinder spielten, während Eltern und Betreuerinnen in mehreren Gruppen angeregt diskutierten und dabei immer wieder auf verschiedene Teile des neuen Platzes zeigten. Das Thema war also klar.

Auch Manfred und Omar strahlten wie die Honigkuchenpferdchen, so hatten sie sich das vorgestellt. Ihre Aktion war unzweifelhaft ein voller Erfolg. Eine Zeit lang schauten sie noch zu und machten sich dann hochzufrieden auf den Heimweg.

Bereits am nächsten Tag standen Artikel darüber in allen lokalen Zeitungen. Bilder des neuen Spielplatzes wurden gezeigt, das Hauptthema aber war die Identität des geheimnisvollen, großzügigen Spenders. Er sollte ja angeblich in Nachbarschaft wohnen. Das war zwar kein armes Viertel, aber die wirklichen Reichen der Stadt wohnten woanders. Hatte da jemand im Lotto gewonnen und ließ die Kinder teilhaben? Die Spekulationen schossen ins Kraut.

Es dauerte genau einen Tag und die Reporter hatten nicht nur den Spielgerätehersteller ausfindig gemacht, sondern dabei auch herausgefunden, dass sich dort angebliche Beauftragte der Stadt einen Entwurf hatten machen lassen. Beauftragte von denen die Stadt nichts wusste. Am dritten Tag veröffentlichte eine Zeitung dann Phantombilder der Beauftragten, Bilder, die eine erstaunlich große Ähnlichkeit mit den realen Personen hatten, wie Omar lapidar feststellte. Für Omar war das kein Problem, denn er war in der Lage sein Aussehen beliebig zu verändern, bei Manfred war das nicht so ohne weiteres möglich. Darüber hinaus waren sie in der Nachbarschaft oft zusammen gesehen worden und dadurch keine völlig Unbekannten. Manfred hörte sofort auf sich zu rasieren und beauftragte Omar mit der Anmietung einer neuen Wohnung unter falschem Namen. In der Zwischenzeit wagte er sich nicht mehr aus dem Haus und öffnete auch nicht, wenn geklingelt wurde. Und geklingelt wurde häufig und zwar von Leuten, die verdächtig nach Presse aussahen, immer in Zweiergrüppchen, wobei einer eine Kameratasche trug. Es gab keinen Zweifel mehr, sie waren entdeckt und am darauf folgenden Tag stand zum ersten Mal Manfreds Name in der Zeitung.

Bingo, es hatte geklappt. Genauso hatte Omar es erwartet und Manfred war blindlings in die Falle getappt, die Omar ihm gestellt hatte. Zwar würde Omar ihm natürlich die neue Wohnung beschaffen, schließlich war er ja der „Diener, der alle Wünsche erfüllt", doch das würde nicht viel nützen. Manfred war enttarnt, ein für alle Mal. Schon bald würde er sich entscheiden müssen, wie er das Spiel weiter zu spielen gedachte und Omar würde ihm raten an die Öffentlichkeit zu gehen, richtig im Mittelpunkt zu stehen, sein Leben als absoluter Nobody endlich zu beenden. Alle würden ihn hofieren, er würde zu wichtigen Veranstaltungen eingeladen werden, man würde ihm Ämter antragen. Und natürlich erwarten, dass die Schatulle des Spenders wieder geöffnet werden würde, fügte Omar amüsiert für sich hinzu.

Am nächsten Morgen setzte Manfred, wie erwartet eine Lagebesprechung an. In der neuesten Zeitungsausgabe wurde berichtet, dass der Spender Manfred Klein augenscheinlich untergetaucht war, denn niemand konnte ihn erreichen. Außerdem wurde erwähnt, dass die Stadt Anzeige gegen ihn erstattet hatte wegen Amtsanmaßung und die Staatsanwaltschaft gerade dabei war über die Aufnahme von Ermittlungen zu entscheiden. Als Krönung der schlechten Nachrichten hatte noch ein findiger Reporter recherchiert, dass die Straßenverschönerung der Straße, in der Manfred Klein lebte, nicht von der Stadt durchgeführt worden war, denn es gab dort keinerlei Unterlagen dazu. Keine Aufträge, keine Abrechnungen, keine Zahlungen, nichts!!

„Hat der reiche Spender Manfred Klein einfach mal eben seine Straße renoviert?", wurde gefragt.

„Ist das so ein Protz, der glaubt sich alles erlauben zu können? Zeigt sich da wieder die Arroganz des Geldes, die sich einbildet alles kaufen zu können?"

Manfred war entsetzt. Seine gute Tat, die Einrichtung des Spielplatzes interessierte keinen mehr, es war offenkundig viel interessanter ihn in den Dreck zu ziehen.

Auch Omar war enttäuscht. Der Schritt in die Öffentlichkeit war jetzt nicht mehr möglich, es sei denn, man wollte eine Verhaftung riskieren. Also kam „Plan B" zum Zuge, sie zogen um.

 Dschinn

Noch am selben Tag hatte Omar eine leer stehende Wohnung angemietet, sie analog zur alten Wohnung möbliert und alle Besitztümer Manfreds transportiert. Am Abend wurde dann die Lagebesprechung fortgesetzt. Manfred kochte vor Zorn.

„Diesen neidischen Kleinkrämern werde ich es zeigen!", tobte er. „Sollen sie doch mit ihrem alten Gerümpel glücklich werden! Omar, noch heute wird der Straßenumbau rückgängig gemacht!"

Und so geschah es dann auch. Der Kinderspielplatz blieb unangetastet, denn die Kleinen konnten ja nun wirklich nichts dafür.

Der Rückbau der Straße aber heizte dann die Berichterstattung zusätzlich an.

„Über welch ungeheuere Mittel verfügt dieser Klein?", titelte eine Zeitung.

„Sind da magische Kräfte im Spiel?", eine andere und kam damit der Wahrheit sehr nahe.

Das alles war nicht dazu angetan Manfreds Laune zu verbessern, doch der größte Hammer kam dann in der Abendzeitung.

„Stadt ordnet Rückbau des illegal angelegten Spielplatzes an.", stand da.

„Jetzt reicht es!", war sein einziger Kommentar. „Omar hole mir den Bürgermeister her und sorge dafür, dass er weder flüchtet, noch sonstige Dummheiten macht!"

„Halt Meister!", antwortete Omar.
„Ich kann eure Erregung verstehen, doch so ein Schritt will gut vorbereitet sein."

Und dann zeigte Omar auf, was alles bedacht werden musste. Das war unter anderem:
Sollte der Bürgermeister etwas vom Transport mitbekommen oder einfach nur plötzlich an einem anderen Ort sein?
Sollte dieser Ort Manfreds Wohnzimmer sein oder lieber eine eindrucksvollere Kulisse?
Sollte er Manfred sehen können oder nur eine anonyme Stimme reden hören?

Manfred hörte sich das an und wurde nachdenklich. Das war tatsächlich nicht so einfach. Er begann zu überlegen und es kamen ihm einige Filme in den Sinn, die er gesehen hatte und die ähnliche Situationen dargestellt hatten. Und je mehr er grübelte, umso interessanter erschienen ihm die Möglichkeiten, die sich da auftaten und nach einer Viertelstunde verkündete er Omar dann, wie die Einschüchterung des Bürgermeisters ablaufen solle.

Der Bürgermeister würde in seinem Büro plötzlich von unsichtbaren Fesseln zur Bewegungslosigkeit verdammt werden. Er würde versuchen zu Schreien, jedoch ohne Erfolg. Dann würde es dunkel werden und er würde spüren, wie er mit großer Geschwindigkeit transportiert wurde. Schließlich würde er in einem großen abgedunkelten Raum landen, wo er vor dem matten Licht einer Lampe nur die Silhouette einer Person erkennen konnte, während er selbst stehend weiter bewegungslos schweigen musste. Diese

Person war natürlich Manfred, der im Gegensatz dazu sich frei bewegen und alles sehen konnte.

„Kannst du das auf diese Weise arrangieren Omar?", fragte er zum Abschluss.

„Kein Problem Meister! Ich werde alles so durchführen, wie Ihr es wünscht."

Danach brauchte Manfred noch zwei Stunden bis er sich endgültig überlegt hatte, was er dem Bürgermeister sagen würde. Doch dann starteten sie und nach wenigen Augenblicken saß Manfred in einem schweren schwarzen Sessel hinter einem wuchtigen, schwarzen Schreibtisch in einem ansonsten schmucklosen Raum und betrachtete sich den Bürgermeister, der zitternd vor Angst vor ihm stand. Er ließ einige Minuten verstreichen in denen der Bürgermeister immer mehr in Panik geriet und begann erst zu reden, als er sah, wie sich plötzlich die Hose des Bürgermeisters im Schritt nass färbte.

Dann jedoch fand er deutliche Worte für Politiker, denen es längst nicht mehr um die Belange der Bürger ging, sondern die nur noch die Macht und ihren eigenen Vorteil im Sinne hatten. Danach kam er auf den Spielplatz zu sprechen, machte klar, dass er dessen Fortbestand unbedingt erwartete und beendete die Ansprache mit den Worten
„Sie wollen doch nicht, dass wir uns hier demnächst wieder gegenüber stehen?".

Er ließ diese Worte durch einige Zeit der Stille so richtig wirken und dann befand sich der Bürgermeister wieder in seinem Arbeitszimmer. Nur die nasse Hose

erinnerte ihn noch zweifelsfrei an das gerade durchlebte Intermezzo.

„Das wird ihm zu denken geben.", rief Manfred aus und klopfte Omar begeistert auf die Schulter.
„Jetzt bin ich mal gespannt, ob wir morgen bereits eine Reaktion in der Zeitung lesen können."

Auch Omar war begeistert. Jetzt waren sie genau dort, wo er hingewollt hatte. Es war Manfred zum ersten Mal klar geworden, dass er Macht über andere Menschen ausüben konnte. Er hatte von der stärksten aller Drogen gekostet und es würde höchst interessant werden mitzuerleben, wie er damit umgehen konnte.

Was hatte er in all der Zeit mit den Menschen da für Dinge erlebt. Manche waren total ausgerastet und zu blutrünstigen Monstern geworden, andere waren total erschrocken und hatten die Lampe nie wieder angefasst und der Rest lag irgendwo dazwischen. Kaum einer hatte einen klaren Kopf behalten und die Macht der Lampe in ethisch einwandfreier Weise eingesetzt. Einige hatten erst diverse alte Rechnungen beglichen und waren dann gereift. Andere waren altruistisch gestartet, um dann in einem egozentrischen Chaos zu versinken.

Wie gesagt, es fing an so richtig aufschlussreich zu werden.

Am nächsten Morgen war Manfred bereits sehr früh auf den Beinen und schickte Omar sogleich los zum Kiosk. Kurz darauf durchstöberten sie geschwind die Zeitungen nach einer Reaktion des Bürgermeisters und wurden schnell fündig.

Die Stadt ließ in einer Pressemitteilung verkünden, dass das Stadtbauamt übereilt gehandelt habe. Man werde den Spielplatz vom TÜV prüfen lassen und wenn die Prüfung positiv ausfalle, dann werde man ihn selbstverständlich bestehen lassen. Schließlich habe man nur das Wohl aller Bürger dieser Stadt im Auge. Da könne es nicht sein, dass ein formaljuristischer Fehler dazu führt, dass eine solch großzügige Spende nicht ihrer Bestimmung zugeführt wird.

„Schau an, es geht doch.", war Manfreds gutgelaunter Kommentar.
„Vielleicht sollte ich mit dem Bürgermeister noch ein paar andere Projekte bereden. Ich hätte da so Einiges im Hinterkopf, was in meiner Stadt noch verbessert werden könnte."

Damit war das Thema erst einmal beendet. Manfred schickte Omar in die Lampe, nahm Bleistift und Block zur Hand und fing an sich eifrig Notizen zu machen.

Draußen wurde es bereits langsam dunkel, als Manfred das Ergebnis seiner Überlegungen mit Omar besprechen wollte. Er hatte eine ganze Liste von Projekten gemacht, die er in seiner Stadt durchziehen wollte. Es gab ja so viele Dinge, die im Argen lagen, doch mit den Möglichkeiten von Omar sollte es ein Klacks sein hier Abhilfe zu schaffen.

Omar hörte sich das alles geduldig an, doch dann machte er Manfred auf die wichtigsten Knackpunkte aufmerksam.
Omar konnte zwar über Nacht alles Mögliche erledigen, doch das würde jedem klar machen, dass hier übernatürliche Kräfte im Spiel waren. War das klug?
Omar konnte auch Geld in beliebiger Höhe besorgen, doch würde die Stadt das Geld nicht annehmen können ohne einen schlüssigen Nachweis seiner Herkunft. Und den konnten sie nicht erbringen.

So diskutierten sie lange über Vor- und Nachteile verschiedener Vorgehensweisen und Manfred entschied sich dann für das Sponsorenmodell. Manfred würde mit dem Bürgermeister ein Sponsorenprojekt ins Leben rufen, wobei er die Aufgabe übernehmen würde für potente Sponsoren zu sorgen. Das wiederum würde er zur Not mit leichtem Druck verbinden, so in der Art wie er auch den Bürgermeister überzeugt hatte. Dann kam das Geld aus öffentlich bekannten Quellen und war über jeden Zweifel erhaben. Die Sponsoren würden mit ihrer Teilnahme werben können, der Bürgermeister konnte die politischen Lorbeeren einheimsen und Manfred würde seine schöne neue Stadt entstehen sehen.

Omar hatte sich in die Lampe zurückgezogen und überdachte für sich das bisherige Ergebnis. Er war nicht unzufrieden, denn alles entwickelte sich so langsam in die Richtung, die er sich gewünscht hatte. Manfred hatte an der Macht geschnuppert und machte sich jetzt daran diese Macht vielfältiger zu nutzen. Im Augenblick tat er das für seine Stadt, die schöner werden sollte. Nach dem anfänglichen privaten Kaufrausch, war das ein richtig altruistisches Ziel. Reifte Manfred? Oder hatte er nur noch nicht erkannt, welche Möglichkeiten für ihn persönlich darin steckten?

Das würde man in den nächsten Wochen sehen!

Omar zögerte. Nein, er würde keine Prognose wagen. Das konnte nur dazu führen, dass er versucht sein würde die Dinge in die entsprechende Richtung zu lenken. Das wollte er jetzt nicht mehr. Von nun an sollte nur noch Manfred die Richtung vorgeben.

Das nächste Treffen mit dem Bürgermeister wurde etwas angenehmer gestaltet. Es stand diesmal ein Sessel für den Mann bereit und er konnte sich in begrenztem Rahmen bewegen. Auch war der Raum etwas heller erleuchtet, sodass man die Vitrinen an den Wänden und die darin enthaltenen Sammlerstücke gerade so erkennen konnte. Alles strahlte insgesamt einen unaufdringlichen Hauch von Gediegenheit und Reichtum aus. Allein Manfred blieb weiterhin anonym, nur als Schattenriss erkennbar. Omar fungierte als Diener und hatte sich orientalisch ausstaffiert, langer weißer Kaftan mit dezenter Goldborte und ein rundes Käppi auf dem Kopf. Er servierte Kaffee und ausgesuchte Gebäckspezialitäten.

„Ich war sehr erfreut zu sehen, dass wir uns das letzte Mal verstanden haben und ich weiß das zu schätzen", eröffnete Manfred das Gespräch.
„Auf dem Tisch neben ihrem Sessel finden sie eine kleine Aufmerksamkeit"

Diese kleine Aufmerksamkeit war eine Replik der Manschettenknöpfe der Partei des Bürgermeisters, allerdings in 24 Karat Gold und mit einem kleinen Brillianten aufgepeppt.

Danach kam Manfred sofort zur Sache und erläuterte das Sponsorenprojekt. Er erklärte detailliert die Rolle, die der Bürgermeister und er selbst darin einnehmen würden. Er skizzierte welche Popularität der Bürgermeister damit erwerben würde und dass seine Wiederwahl dann wohl nur noch Formsache war.
Dann reichte Omar dem Bürgermeister eine Kopie der Projektliste und Manfred kommentierte jeden Eintrag

kurz. Die einzelnen Projekte waren mit Prioritäten versehen und sollten auch in dieser Reihenfolge in Angriff genommen werden, wobei die Reihenfolge bei Projekten gleicher Priorität im Ermessen des Bürgermeisters liegen würde. Start der Projekte würde sein, sobald Manfred die Finanzierung durch entsprechende Sponsoren sichergestellt hatte. Dann allerdings sollten sie umgehend gestartet und so schnell, wie es machbar war durchgezogen werden. Manfred machte klar, dass er keinerlei unnötigen Verzögerungen akzeptieren würde. Weitere Treffen im heutigen Rahmen würden nur nach Notwendigkeit stattfinden, wobei die Entscheidung darüber, klarer Weise, allein bei Manfred lag.

Der Bürgermeister überlegte kurz und fragte dann „Habe ich eine Wahl?".

„Natürlich haben sie eine Wahl", entgegnete Manfred vehement.
„Wenn sie jetzt hier und heute sagen, dass sie nicht mitarbeiten wollen, dann ist die Geschichte für sie auf der Stelle erledigt ohne dass sie irgendwelche Repressionen oder Ähnliches zu erwarten haben. Ich werde dann schauen, ob ihr Gegenkandidat von der Opposition der Sache aufgeschlossener gegenüber steht."

Das gab den Ausschlag. Der Bürgermeister willigte ein und das Treffen war beendet.

Bereits zwei Tage später fand eine Pressekonferenz statt auf der der Bürgermeister „sein" Sponsorenprojekt vorstellte und die ortsansässigen Unternehmen aufforderte sich darin einzubringen und so ihre Verantwortung für die Stadt zu übernehmen, von der sie ja schließlich lebten. Es war viel von sozialem Engagement, Attraktivität des Standorts und all diesen wohlklingenden Begriffen die Rede.
Das Ganze gipfelte in dem Motto

„Offensive für unsere Stadt"

Manfred, der den Artikel darüber in der Zeitung las, war beeindruckt.

„Der Mann versteht sein Handwerk. So hätte ich das nicht formulieren können. Dann gehen wir doch mal daran ihm das erforderliche Kleingeld zu besorgen."

Manfred beauftragte Omar damit, die fünfzig finanziell stärksten Unternehmen der Stadt zu ermitteln und die dazu gehörigen entscheidungsbefugten Repräsentanten aufzulisten. Denen würden sie dann auf den Pelz rücken und ihre Spendenfreudigkeit gezielt verstärken. Eine kleine Zusatzaufgabe bekam Omar noch mit auf den Weg. Er sollte bei dieser Gelegenheit auch gleich noch herausbekommen, wo diese Firmen ihre Leichen im Keller hatten, vorzugsweise Steuervergehen in erheblicher Höhe waren interessant. Das hielt Omar nicht für problematisch, denn jede größere Firma versucht natürlich ihren Gewinn so gut es geht am Finanzamt vorbei zu schmuggeln.

„Morgen hast Du die Liste!", war sein abschließender Kommentar.

Bereits am folgenden Tag starteten sie die Sponsorengespräche und fanden bald heraus, dass sie alle irgendwie identisch abliefen. Als Beispiel mag die Unterhaltung mit Edelbert von Schmönck dienen, dem Geschäftsführer der Realitas GmbH & Co KG, die man getrost als den marktbeherrschenden Immobilienhändler der Stadt bezeichnen konnte.

„Guten Tag Herr von Schmönck, ich bedaure es sehr, Sie mit leichtem Zwang zu diesem Gespräch gebeten zu haben, glaube aber nicht, dass Sie einer normalen Einladung so schnell gefolgt wären. Leider duldet die Sache keinen Aufschub und deshalb habe ich mich zu diesem Vorgehen entschlossen."

Danach folgte natürlich der empörte Ausbruch des Herrn von Schmönck. Von Freiheitsberaubung war die Rede, Anzeige, Verurteilung, eben die ganze Leier, die doch nur die Angst verschleiern sollte.
Manfred reagierte in keinster Weise auf diese Ausfälligkeiten sondern schaute seinem Opfer nur ununterbrochen in die Augen, was bewirkte, das Herr von Schmönck den Faden verlor, den Blick senkte und verstummte.

„So, dann können wir ja endlich zum Thema kommen."

Manfred stellte danach kurz den Bezug zur „Offensive für unsere Stadt" her und erläuterte, dass er es sich zur Aufgabe gemacht hatte Sponsoren für das Projekt zu finden und dass die Realitas GmbH & Co KG als einer der Sponsoren ausersehen war. Gefolgt wurde diese Einführung von einer Erläuterung der Vorteile, die das Sponsorentum mit sich bringen würde, nämlich der höhere Bekanntheitsgrad der Firma durch das

Medieninteresse, die positive Imagepflege durch den gemeinnützigen Ansatz und damit letzendlich eine hervorragende Werbung für das Unternehmen. Abgeschlossen wurden die Ausführungen mit der Frage

„In welcher Höhe wird sich die Realitas beteiligen?"

Nach einer kurzen Denkpause legte Herr von Schmönck dann los. Seine Firma denke gar nicht daran sich zu beteiligen, schon gar nicht unter diesen Randbedingungen, die man ja wohl nur als mafiös bezeichnen könne. Außerdem werde die Ertragskraft der Realitas stark überschätzt, die Gewinne seien gering und man komme gerade so über die Runden.

„Bevor Sie sich endgültig festlegen, Herr von Schmönck, sollten Sie vielleicht mal einen Blick auf diese Unterlagen werfen", antwortete Manfred und reichte einen dünnen Schnellhefter über den Schreibtisch.

Edelbert von Schmönck warf erst nur einen oberflächlichen Blick auf die ersten Seiten, stutzte dann und fing danach an konzentriert zu lesen.

„Das ist Erpressung! Wie kommen Sie an diese Unterlagen?"

„Das ist doch völlig belanglos, wichtig ist nur, dass ich sie habe. Und Erpressung würde ich das auch nicht nennen, ich achte nur darauf, dass ehrlich geteilt wird. Sie haben jetzt auch nicht mehr die Entscheidungsfreiheit über die Höhe der Beteiligung sondern der Beitrag Ihrer Firma beträgt exakt die Hälfte des hinter-

zogenen Steuerbetrags. Fifty-Fifty nennt man das. Sie haben genau zwei Tage Zeit sich öffentlich zu dieser Summe zu verpflichten. Danach gehen diese Unterlagen an das Finanzamt und die Presse. Im Übrigen will ich Ihre Zeit jetzt nicht länger in Anspruch nehmen, Sie haben nun sicherlich einige dringende Gespräche zu führen."

Damit war das Gespräch beendet und zwei Tage später war auch die Realitas GmbH & Co KG dem Kreis der Sponsoren beigetreten - mit einem zweistelligen Millionenbetrag.

Omar war mal wieder geplättet. Nie hätte er gedacht, dass Manfred so auftreten könne, ganz zu schweigen von der Wortwahl. Das war professionell. Was steckten da nur für Begabungen in diesem Kerl. Da durfte er ja mal gespannt sein, mit was ihn sein „Meister" noch so überraschen würde. Gut, dass er sich jeglicher Prognose enthalten hatte, die wäre hier und heute schon hinfällig gewesen.

Am Ende der ersten Woche durchbrach die Sponsorensumme die Einhundert-Millionen-Grenze, Grund für euphorische Berichte in der Presse und ein zufriedenes Grinsen auf Manfred's Gesicht.
Sie machten noch einen kleinen Abendspaziergang durch den Stadtpark um sich etwas die Beine zu vertreten und die jüngsten Ereignisse Revue passieren zu lassen. Gerade wollten sie am Parkausgang die Fußgängerfurt überqueren als ein dunkler Lieferwagen herangeschossen kam und sicherlich voll mit Manfred kollidiert wäre, wenn Omar ihn nicht im letzten Augenblick zurückgerissen hätte. Omar ließ Manfred einfach fallen und konzentrierte sich auf den davonfahrenden Wagen. Vier Reifen platzten, das Auto kam ins Schleudern und knallte an einen Baum. Die Türen öffneten sich und zwei Männer taumelten heraus, die sofort versuchten sich abzusetzen. Doch sie kamen nicht weit. Eine unsichtbare Kraft fing sie ein und zog sie unerbittlich zu der Stelle, wo Omar stand und Manfred sich gerade wieder aufrappelte. Einer der Männer holte einen Revolver aus seinem Jacket, nur um ihn sofort fallen zu lassen als er glühend heiß wurde. Danach dauerte es nur wenige Momente und Omar hatte alle Fakten aus den Beiden herausgeholt. Sie hatten eine gestochen scharfe Aufnahme von Manfred dabei, aufgenommen in seinem „Besprechungszimmer" und offensichtlich während eines Sponsorengesprächs. Einer der Herren Unternehmer war wohl bestens auf das Gespräch vorbereitet gewesen. Mit diesem Foto war es ein Leichtes gewesen ihn zu identifizieren und diese zwei Killer auf ihn zu hetzen. ´
Als die beiden Auftragsmörder dann plötzlich verschwanden, schaute Manfred Omar fragend an.

„Ich habe sie nach Sibirien expediert, da können sie prima abkühlen und kommen uns auch nicht mehr in die Quere", war seine Antwort während er mit Manfred schlagartig wieder in ihrer Wohnung auftauchte.

„Jetzt ist Schluss mit lustig", sagte er. „Du hast dir in dieser Woche eine Menge Feinde gemacht, die dummerweise bereits deine Identität gelüftet haben und momentan schon zum Gegenangriff übergehen. Wir müssen wieder umziehen!"

Wie um diese Aussage zu unterstreichen, machte es in diesem Augenblick „Plinnng" und eine der Fensterscheiben hatte plötzlich ein Loch mit einer Reihe von Rissen, die von ihm ausgingen.

„Die meinen es wirklich sehr ernst!", bemerkte Omar. „Ist ja auch kein Wunder, schließlich geht es um einen dreistelligen Millionenbetrag. Zum Glück habe ich an der Innenseite der Fenster einen durchsichtigen Schutzschirm angebracht. So kann dir hier drinnen vorerst nichts geschehen, es sei denn sie setzen schwerere Kaliber ein und zerstören das gesamte Haus.
Wir müssen wieder umziehen! Und zwar sofort!!"

Eine Stunde später saß Manfred in einem Penthouse des größten Hotels am Platz. Omar hatte ihn ungesehen dorthin gebracht, nachdem er es telefonisch für einen reichen Geschäftsmann gemietet und dann selbst als derselbige dort eingecheckt hatte. Da er großen Wert auf seine Anonymität legte, hatte er sich nicht mit Kreditkarte eingetragen, sondern ein fünfstelliges Bar-Depot hinterlegt. Unterstützt von einem reichlichen Trinkgeld, war man da sehr verständnisvoll gewesen. So würde vorerst niemand Manfred mit diesem Zimmer in Verbindung bringen.

„Natürlich ist es jetzt vorbei mit den Spaziergängen!", resümierte Omar. „Du bist in dieser Stadt sowieso nicht mehr sicher. Früher oder später stöbern sie dich wieder auf. Ich werde mich sofort auf die Suche nach einem passenden Quartier machen, das mindestens eintausend Kilometer von hier entfernt ist."

Manfred war bestürzt. Er hatte es doch nur gut gemeint für seine Stadt. Und jetzt war er genau in seiner Stadt nicht mehr sicher. Was war das nur für eine Welt? Das sollten ihm diese miesen Verbrecher büßen! Wozu hatte er Omar! Er würde sie alle zugrunde richten!

Doch Omar wehrte ab.
„Zuerst suchen wir jetzt das sichere Domizil für dich und dann reden wir in Ruhe darüber."

Die Sonne verschwand gerade im Meer und warf noch einen letzten rötlichen Schimmer auf das Land, hüllte die Landschaft in ein angenehm warmes Licht. Der Blick von der Terrasse war atemberaubend, die kleine Bucht mit dem Fischerdorf, die Burg auf dem Felsen am rechten Rand der Bucht, die grünen Hänge mit den winzigen Gärten und die großen Wiesen auf denen sich die Ziegen tummelten.

„Das ist einfach zu schön hier!", seufzte Manfred und räkelte sich wohlig auf seinem Liegestuhl.
„Ich habe ja immer gedacht, das sind retuschierte Fotos in den Reiseprospekten, doch das hier übertrifft selbst die noch."

„Die Welt hat unglaublich viele wunderschöne Orte zu bieten", antwortete Omar, der gerade durch die große Glastür auf die Terrasse kam, ein Tablett mit einem exotisch bunten Cocktail in der Hand.
„Deshalb steht ja auch dieses noble Landhaus hier. Die Reichen dieser Erde wissen schon was gut ist."

Das Landhaus war tatsächlich etwas Besonderes. Ganz flach in den Hang geschmiegt zwischen alten Bäumen verschmolz es durch seine erdbraunen Terrakotta-Ziegeln förmlich mit der Landschaft. Die Fassade überwuchert mit wildem Wein, die Terrasse eingefasst mit großen Pflanzkübeln, die mit den schönsten Blumen der Region bestückt waren, alles von einer unaufdringlichen klassischen Eleganz. Der Bauherr dieses Ensembles hatte Geschmack oder einen guten Architekten. Auch im Inneren war kein Bruch des Konzepts zu entdecken, Bauernmöbel aus der Gegend, die technischen Geräte gut darin versteckt, ein oberflächlicher Beobachter konnte sich

um hundert Jahre in die Vergangenheit versetzt fühlen. Dabei fehlte es an nichts, die Küche war auf dem neuesten Stand, es gab Telefon, Fernsehen, Video, HiFi, Computer mit Internet-Anschluss und sogar eine leistungsfähige Klimaanlage. Vom Fitnessraum im Schuppen und dem Pool mit Gegenstromanlage mal ganz zu schweigen.

Omar hatte sich wirklich Mühe gegeben mit ihrem neuen Domizil und Manfred fühlte sich dermaßen wohl hier, dass er seine Rachegelüste bereits weitgehend vergessen hatte.

Aber weitgehend war nicht ganz und deshalb sprach er jetzt mit Omar die nächsten Schritte durch. Omar würde alle Sponsoren in einem großen Raum versammeln, die Verärgerung seines Herrn über die Anschläge mitteilen und dann verkünden, dass sich der Anteil der Spende dadurch für alle von 50 auf 60 Prozent erhöhte. Das war noch eine letzte Warnung. Falls es zu neuen Anschlägen kam, würde die Reaktion deutlich drastischer ausfallen. Ansonsten wollte sich Manfred nicht mehr mit dem Projekt befassen, denn wenn er nicht mehr in seiner Stadt leben konnte, dann hatte er auch keinen Spaß mehr an dem Projekt. Darüber hinaus war er sich gar nicht mehr sicher, ob er überhaupt je in die Stadt zurück wollte, wo es doch so viele andere schöne Fleckchen auf dieser Welt gab.

Omar war ein wenig ratlos. Das war so nicht beabsichtigt gewesen. Zwar hatte er Manfred in Sicherheit bringen wollen, hatte es ihm auch schön und angenehm gestalten wollen, doch dass Manfred jetzt alle Aktionen wieder einstellte, das war nicht in seinem Sinne.

Er würde sich etwas einfallen lassen.

Manfred kam gähnend auf die Terrasse und schaute sich um. War das Frühstück bereits da? Ja, da stand ein liebevoll gedeckter Tisch mit allerlei Köstlichkeiten. Genau das Richtige für einen kleinen Schmaus bevor er unter die Dusche ging. Er setzte sich also, schenkte sich Tee ein, platzierte etwas Konfitüre auf einem Croissant und schnapp, weg war der erste Happen. Jetzt etwas Frischkäse und schnapp war der nächste Happen weg. Danach zur Abwechslung eine Messerspitze Nougatcreme und weg war der Rest. So fing der Tag gut an.

Auf dem Teewagen neben dem Tisch hatte Omar auch noch ein Bündel Zeitungen bereit gelegt und Manfred warf einen beiläufigen Blick auf die Schlagzeilen. Überall dasselbe! Die Amerikaner marschierten wieder in ein Land ein. Vorgeschoben wurden natürlich auch in diesem Fall moralische Gründe, in Wirklichkeit aber ging es erneut um die Wirtschaft, so wie immer. Und diese Pappnasen von Europäern klatschten pflichtbewusst Beifall, auch wie immer. Man könnte schier die Wände hochgehen, wie man da verarscht wurde und nichts dagegen unternehmen konnte.

Nichts unternehmen konnte?
Moment!!!!
„Omar, komm doch bitte mal her, ich habe was mit Dir zu besprechen."

Nur kurze Zeit später standen sie an einem großen Tisch, den Omar herbeigeholt hatte. Darauf ausgebreitet war eine Karte des Kampfgebiets mit Eintragungen zum aktuellen Frontverlauf.
Wie konnten sie den Amerikanern den Spaß am Krieg verderben?

Nach längerem Hin- und Herüberlegen entschieden sie sich für die Aktion „Technische Pannen".
Omar meinte, dass es kein Problem sei alle Fahrzeuge versagen zu lassen, sobald sie über die derzeitige Frontlinie vorrücken wollten. Manfred schlug noch ein gestaffeltes Verfahren vor. Auf dem ersten Kilometer sollte nach und nach ein Drittel ausfallen, auf dem zweiten und dritten Kilometer ein weiteres Drittel und nach fünf Kilometern war dann kompletter Stillstand. Parallel dazu sollte auch noch der Nachschub behindert werde, wobei Manfred Omar da freie Hand ließ. Das sollte erst einmal genügen und Omar zog sich zurück um die Aktionen in die Wege zu leiten. Er würde dazu etwas länger brauchen und deshalb ermahnte er Manfred in seiner Abwesenheit auf dem Grundstück zu bleiben, denn es war ja offenbar ein Preis auf seinen Kopf ausgesetzt und Kopfgeldjäger schliefen nicht. Manfred nickte dazu, ging jetzt endlich duschen und machte es sich danach auf dem Liegestuhl bequem. In Gedanken malte er sich aus, was für Gesichter die Verantwortlichen machen würden, wenn ihr schöner Kriegsspielplan aus dem Ruder lief.

Am nächsten Morgen war Manfreds erster Gang auf die Terrasse zu den Zeitungen. Kein Hinweis auf technische Probleme. Der Vormarsch war nach dem Erreichen der ersten strategischen Ziele eingestellt worden und die Kräfte wurden jetzt neu geordnet für kommende Ziele. Manfred konnte sich ein breites Grinsen nicht verkneifen. So nannte man das jetzt also, wenn nichts mehr ging. Auf der zweiten Seite dann doch noch eine direkte Meldung. Vor dem wichtigsten Nachschubhafen waren zwei Kriegsschiffe kollidiert und dann gesunken. Opfer hatte es keine gegeben, jedoch war die Fahrrinne auf Monate blockiert, was eine komplette Reorganisation des Nachschubs erzwang.
Gute Arbeit Omar!! So fing der Tag gut an.

Allerdings ging er nicht so gut weiter, denn Omar war nicht da. Manfred bemerkte erst jetzt, wie sehr er sich bereits an die Anwesenheit von Omar gewöhnt hatte. Die vielen Gespräche mit einem Partner, der über fast alles informiert war und, fehlte eine Information, dann konnte sie in kürzester Zeit beschafft werden. Die gemeinsamen Computerspiele von zwei Spielern, die dieselbe Begeisterung aufbrachten. Alleine machte das Spielen fast keinen Spaß mehr. Das gemeinsame Kochen, die Umräum- und Einrichtungsaktionen und vieles mehr. Omar war ein Teil seines Lebens geworden und er vermisste ihn.

Der darauf folgende Morgen brachte auch nicht viel Neues. Der zweite strategische Schlag wurde immer noch vorbereitet. Das wurde ausführlich auf Karten dokumentiert mit Eintragungen zu bekannten und vermuteten Stellungen des Gegner, mit Skizzen zu möglichen Angriffsvarianten und ihren Vor- und

Nachteilen. Alles Hinhaltetaktik, denn in Wirklichkeit passierte nichts und Manfred wusste warum. Dann hatte es wieder ein Missgeschick gegeben, denn das amerikanische Flaggschiff, ein Flugzeugträger hatte einen Antriebsschaden und wurde in einen Hafen in der Etappe geschleppt.
Prima Idee Omar!!

Und erneut zog sich der Tag endlos ohne Omar. Manfred überlegte bereits, ob er die ganze Aktion nicht abblasen solle und besprach das auch mit Omar, der abends auf eine kurze Stippvisite mit Lagebericht hereinkam, entschied sich aber dagegen. Die Sache war zu wichtig und musste durchgezogen werden.

Wieder einen Tag später verkündete die Armeeführung, dass man den zweiten Schlag ausgesetzt habe, um dem Gegner die Chance zum Einlenken zu geben. In den Treibstofflagern des Nachschubhafens waren Beimengungen gefunden worden, die den Treibstoff unbrauchbar machten. Von einer Untergrundbewegung war die Rede, von terroristischer Tätigkeit, die man aber im Keim ersticken werde.
Gleichzeitig berichtete Omar von fieberhafter nachrichtendienstlicher Tätigkeit. Den Verantwortlichen war wohl mittlerweile klar geworden, dass hier System dahinter steckte und sie suchten jetzt nach möglichen Hintermännern.

Am vierten Tag wieder nichts sagende Meldungen, die Aktion „Technische Pannen" war ein voller Erfolg. Getrübt wurde die Freude von Omars Meldung, dass man jetzt einen Zusammenhang vermutete mit den merkwürdigen Vorkommnissen in Manfreds Heimat-

stadt. Die Unternehmer hatten wohl geplaudert. Das Bild von Manfred war im Umlauf, man suchte ihn.

Am fünften Tag dann der Schock. Da der Gegner nicht einsichtig war, hatte man in der Nacht Stellungen des Gegners in mehreren Großstädten mit Bomben und Marschflugkörpern angegriffen. Die Medien sprachen von vielen Toten. An diese Möglichkeit hatten sie nicht gedacht, was war da zu tun?

Mitten in den Überlegungen standen sie dann schlagartig auf dem nächsten Berggipfel, Omar hatte sie im letzten Moment weggebracht. Im Tal konnte Manfred sehen, wie Massen von Gestalten in Tarnanzügen das Landhaus stürmten. Sie hatten ihn gefunden.

„Wie sicher man ist, hängt halt immer davon ab mit welchem Gegner man sich anlegt!", war Omars einziger Kommentar. „Und dieser Gegner verfügt über die besten technischen Möglichkeiten dieser Erde. Es würde mich nicht wundern, wenn sie dein Gesicht auf einem Satellitenfoto unserer Terrasse identifiziert hätten."

Manfred benötigte einige Zeit bis er sich von dem Schreck erholt hatte, doch dann wurde er wütend.

„Diese Penner glauben wohl, sie können sich alles erlauben. Einfach mal mit einem Einsatzkommando in ein fremdes Land reisen und einen vermuteten Gegner kidnappen oder gar gleich liquidieren. Omar, unternimm etwas!"

„An was hast du dabei gedacht, Meister? Es gibt da eine Reihe von Möglichkeiten. Erschrecken? Bestrafen? Vernichten?"

„Vernichten! Das sind Söldner, das gehört zu ihrem Berufsrisiko!"

Das Landhaus wurde von einem intensiven roten Licht erfüllt und nach wenigen Sekunden brach das komplette Dach ein und hohe lodernde Flammen schlugen in den Nachthimmel. Auch die Gestalten auf der Terrasse wurden von der Hitze erfasst und verwandelten sich in wild gestikulierende, schreiende Fackeln, die nach wenigen Augenblicken zusammenbrachen und liegen blieben. Das Feuer brannte noch einige Zeit weiter und verlosch dann genau so plötzlich, wie es entstanden war. Eine gespenstische Ruhe kehrte ein und nur die schwarze Ruine und der Brandgeruch erinnerten noch an das Geschehene.

Manfred schaute fasziniert auf die Szene.
„Wie hast du das gemacht Omar?"

„Ich habe in alle Räume gleichzeitig für kurze Zeit ein Stück Sonne platziert. Die Wirkung hast du ja erlebt."

„Gibt es Überlebende?"

„Auf jeden Fall. Bei solchen Aktionen gibt es immer Befehlshaber, die in sicherem Abstand den Ablauf überwachen. Eventuell haben die auch noch Reserven in der Hinterhand, das heißt hier in der Gegend können noch ganze Kompanien versteckt sein und aus diesem Grund werden wir nun von hier verschwinden!"

Wenige Atemzüge später saßen sie in einer geräumigen Höhle, die von dezentem Licht erfüllt war in bequemen Sesseln.

„Hier bist du vorerst sicher, bis ich eine neue Bleibe ausfindig gemacht habe.", sagte Omar. „Dieses Mal werden wir dein Quartier gleich so ausstatten, dass deine Sicherheit zuverlässig gewährleistet ist."

Omar pfiff leise durch seine nicht vorhandenen Zähne. Diese Wandlung war jetzt schnell und gründlich von Statten gegangen. Wie sehr sich Standpunkte doch verändern können, wenn es ans eigene Leben geht. Nicht das es Omar leid getan hätte wegen der Soldaten. Wer diesen Beruf ergreift, muss den Tod als ständiges Risiko akzeptieren. Von denen hätte keiner auch nur eine Millisekunde gezögert Manfred zu erschießen. Das spannende daran war, wie Manfred in Zukunft weiter damit umging. Jetzt war die Hemmschwelle überschritten und danach fielen neuerliche schwerwiegende Entscheidungen oft viel leichter. Omar würde seine Ankündigung wahr machen und das nächste Quartier sehr, sehr sicher gestalten, nur so zur Vorsicht.

Das Kloster lag an einem steilen Hang in einem schmalen Seitental des Himalaya. Es war alt, sehr alt und schon lange verlassen. Der bauliche Zustand hatte sich im Laufe der Jahre natürlich nicht verbessert und ein normaler Betrachter hätte es als Ruine bezeichnet. Das waren für Omar Nebensächlichkeiten, die sich schnell regeln ließen. Er sah die wunderschöne, exponierte Lage, den prachtvollen Blick über das Tal mit den verstreuten Bauernhäusern und Feldern und spürte die spirituelle Ausstrahlung dieses Platzes. Die Mönche hatten die Stelle mit Bedacht gewählt, hier war ein Ort der Kraft.

Schritt für Schritt stellte er die Bauwerke wieder her. Es sollte geräumig werden, denn der Bewegungsraum würde auf die Gebäude und eine kleinen Bereich darum beschränkt sein. Dann stattete er sie mit der notwendigen Technik aus. Manfred sollte es an Nichts fehlen und außerdem musste er autark sein. Wasser kam aus einem Brunnen tief im Fels, Strom lieferte ein wartungsfreies Kraftwerk, dessen Energievorräte für eine kleine Ewigkeit reichten.
Danach ging es an die Einrichtung und er orientierte sich dabei, soweit es ging an den landesüblichen Gepflogenheiten. Nur beim Komfort machte er den einen oder anderen Kompromiss. So setzte er beispielsweise Fenster ein und installierte eine Fußbodenheizung. Auch fließendes Wasser, warm wie kalt durfte nicht fehlen.

Als alles soweit fertig gestellt war, spannte er den Schutzschirm. Der wölbte sich cirka fünfzig Meter über und neben den Häusern und reichte bis tief in den Fels hinein. Wer hier eindringen wollte, der musste schon den ganzen Berg abtragen und selbst dann würde die

Schutzblase noch unversehrt in der Luft schweben. Mehr Sicherheit konnte er Manfred nicht bieten.

Dann holte er ihn aus der Höhle, setzte ihn auf einem der Balkone ab und erklärte ihm die Anlage. Doch Manfred hörte gar nicht richtig zu.

„Denen werde ich es zeigen!", murmelte er. „Die werden sich noch wundern mit wem sie sich da eingelassen haben."

Als Omar seine Ausführungen beendet hatte, nickte er nur kurz und beraumte eine Besprechung an. Die nächsten Schritte sollten möglichst bald festgelegt und ausgeführt werden.

Omar war gespannt auf die Besprechung. Nun würde es sich zeigen, aus welchem Holz Manfred geschnitzt war. Verlor er jetzt unter dem Eindruck der direkten Bedrohung seines Lebens Maß und Ziel oder behielt er seine eigentlichen Ziele weiterhin im Auge und plante seine Aktionen auch in Zukunft unter dem Gesichtspunkt der Nützlichkeit.

Das Experiment „Manfred Klein" trat in seine erste entscheidende Phase.

Die Besprechung war dann mehr eine Mitteilung der durchzuführenden Maßnahmen durch Manfred. Omar hatte da nicht mitzureden, sondern nur die Weisungen in Empfang zu nehmen.

In der kommenden Nacht würde es los gehen. Ausdrücklich nach Einbruch der Dunkelheit, denn die moralische Wirkung war dann umso größer.

Die Flotte würde das erste Ziel sein. Jedes Schiff, das fest installierte Waffen trug war zu vernichten. Eins der bewährten „Stücke Sonne" war ins Munitionslager zu transportieren und würde dort für den Rest sorgen.

Eine Stunde später, wenn die Aufmerksamkeit voll auf die Häfen konzentriert war, würden die Panzer an der Reihe sein. Auch hier ein „Stück Sonne" pro Panzer und „Hasta la vista Baby", wie es Manfred in Anlehnung an einen seiner Lieblingsfilme ausdrückte.

Am darauf folgenden Morgen sollte Omar dem amerikanischen Präsidenten dann ein Ultimatum übermitteln:

„Offizielle Ankündigung und Einleitung des Rückzugs binnen achtundvierzig Stunden oder die nächsten Ziele würden in den USA liegen, beginnend mit dem weißen Haus".

Und so führte Omar es dann auch aus.

Und eines musste Omar Manfred zugestehen, wenn er geplant hatte eine verheerende Wirkung zu erzielen, dann hatte er sein Ziel voll erreicht. In den Armeelagern brach das totale Chaos aus. Unter dem

Eindruck eines direkten Angriffs, schossen viele Einheiten auf alles was sich bewegte. Befehle wurden übermittelt, widerrufen und wiederum gegeben. Die Verluste durch „Friendly fire" überstiegen die Verluste durch den Überfall bei weitem. Ein derartiges Desaster hatte es seit dem Vietnamkrieg nicht mehr gegeben. Als der Morgen anbrach, war das gesamte Armeecorps praktisch nicht mehr handlungsfähig.

Und mitten in diese Katastrophe platzte dann noch das Ultimatum. Und, das war neu, dieses Ultimatum war mit „Manfred Klein" unterzeichnet.

Manfred hatte sich dazu entschlossen, weil seine Person ja offensichtlich sowieso bekannt war und gejagt wurde. Da konnte er von jetzt an ruhig mit offenem Visier kämpfen.

Manfred hörte sich Omars Bericht zum Erfolg der Aktion mit unbewegter Miene an.

„Dann wollen wir doch mal sehen ob sich unsere Bunkerköpfe nach dieser Lektion bewegen", war sein einziger Kommentar und dann ging er hinaus auf die Terrasse, setzte sich in den bequemen Ruhestuhl, der dort stand und genoss den Blick über das Tal. Die zweitägige Wartezeit hatte begonnen.

So verbrachte Manfred den größten Teil des ersten Tages. Er schaute den ameisengroßen Menschen zu, die tief unten im Tal ihrem Tagwerk nachgingen, nahm das herrliche Panorama der schneebedeckten Berge in sich auf und malte sich aus, wie dieses friedliche Bild bald stellvertretend für die ganze Welt stehen würde.

Auch der zweite Tag zog sich endlos lange hin und gegen Abend nahm die Anspannung spürbar zu. Manfred verweilte auf der Terrasse bis es wirklich total dunkel war, ging nervös auf und ab und schaute laufend auf die Uhr und berechnete die Anzahl der verbleibenden Stunden bis zum Ablauf des Ultimatums.
Als er dann endlich zu Bett ging, waren es noch zehn Stunden bis zum Zeitpunkt X und er beauftragte Omar ihn nach sechs Stunden wieder zu wecken.
Aber er konnte lange nicht einschlafen und als es dann endlich gelang, plagten ihn wilde Träume.
Er wachte auch schon vor der verabredeten Weckzeit auf und fühlte sich wie gerädert. Ein schneller Blick auf die Uhr signalisierte ihm fünf Stunden bis zum Ablauf des Ultimatums. Er würde erst einmal auf der Terrasse frühstücken und dann schauen, wie er die restlichen

Stunden überbrücken konnte. Als er gähnend nach draußen ging, blieb er stehen, wie vom Schlag getroffen. Der Ausblick hatte sich total verändert, keine grünen Felder mehr, keine Menschen, die sie bestellten, keine Häuser mehr, nicht einmal mehr der ewige Schnee auf den Hängen.

„Omar, Omar, was ist hier passiert?", rief er, als er sich vom ersten Schreck erholt hatte.

Omar wusste, jetzt war der Moment der Entscheidung. Er hatte es bereits gewusst, als in der Nacht die Bombe fiel. Deshalb hatte er schon auf der Terrasse auf Manfred gewartet. Nun würde sich zeigen, wie es um Manfred bestellt war. Würde der Zorn alle Hemmungen wegspülen? Würde er zu einem Monster werden? Oder würde die Vernunft siegen?

„Was soll passiert sein, Meister?", antwortete Omar, der bereits auf der Terrasse gestanden hatte.
„Deine Freunde haben dich wieder entdeckt und es diesmal mit einer Atombombe versucht. Die Schutzblase hat zwar gehalten, aber der Rest des Tals hat nicht so viel Glück gehabt."

Für einen Moment stand Manfred wie betäubt da, doch dann überflutete ihn wilder Zorn.
„Das werden sie büßen! Das werden sie bitter büßen!!" Aufgeregt ging er auf und ab.
„Omar, als Erstes wirst du New York vernichten, damit sie am eigenen Leibe spüren, wie sich so eine Katastrophe anfühlt. Danach jeden Tag eine weitere Stadt, bis sie das Ultimatum erfüllen."

„Meister, überlege was du tust. Du willst den Unschuldigen, die hier gestorben sind weitere hinzufügen. Das macht keinen Sinn!"

„Und ob das Sinn macht! Die haben sich ihre Regierung gewählt und jetzt müssen sie halt ausbaden, was ihre Regierung angerichtet hat. Du machst es so, wie ich es gesagt habe!"

„Nein Meister"

„Ich befehle es dir, ich bin dein Meister!"

„Nein!"
„Vielleicht sollte ich zuerst einmal etwas klar stellen über Dschinnen und ihre Meister. Wir Dschinnen sind freie Geschöpfe. Wir suchen uns manchmal einen Menschen aus, um mit ihm ein Projekt durchzuführen oder um einen Test zu machen oder einfach um die

Langeweile zu vertreiben. Das mit den Lampen, die man reiben muss und mit dem Meister, dem wir gehorchen müssen, das machen wir nur, damit ihr Menschen leichter mit der Situation zurecht kommt. Und es klappt ja auch prima. Nie hat sich ein Mensch Gedanken darüber gemacht, warum der Dschinn ihm eigentlich gehorchen muss, welche Macht ihn wohl dazu zwingt. Nein, er war der Meister, das hat ihm gefallen und das war's. Auch für den Dschinn hatte das nur Vorteile, er musste nicht viel erklären und wenn das Projekt zu Ende war oder er keine Lust mehr hatte, dann ließ er die Lampe einfach verschwinden und für den Mensch war klar, dass er jetzt eben keinen dienstbaren Geist mehr hatte."

„Soweit zu den Dschinnen im Allgemeinen, jetzt zu uns.
Ich habe dich ausgesucht, weil ich ausprobieren wollte, wie du wohl auf die Macht reagierst, die du durch mich ausüben konntest.
Zu Beginn hast du das sehr sinnvoll getan. Du hast versucht Gutes zu bewirken, erst für dich, dann für andere, dann für die ganze Welt. Dabei hast du übersehen, dass es immer Menschen gibt, die das Gute nicht wollen, weil es nicht in ihre Pläne passt, weil sie damit kein Geld verdienen können. Diese Menschen hast du dann versucht zum Guten zu zwingen, zuerst mit sanfter, dann mit offener Gewalt. Da habe ich noch mitgezogen, weil es nur Menschen betroffen hat, die selbst Gewalt ausgeübt haben, die also dieses Risiko akzeptieren mussten.
Jetzt aber willst du in deinem Zorn Tausende oder gar Millionen mit hineinziehen, für die das nicht zutrifft und da mache ich nicht mehr mit."

„Ich werde dich jetzt verlassen. Du bist hier sicher, niemand kann hier herein, allerdings kannst du auch nicht hinaus. So können sich beide Seiten nichts antun. Es wird dir hier nichts von dem fehlen, was man zum täglichen Leben braucht und du wirst Zeit haben, viel Zeit. Das war hier einmal ein Kloster und vielleicht inspiriert dich diese Umgebung irgendwann einmal dazu, über dich und den Sinn deines Lebens zu meditieren."

„Mach's gut, Manfred!"

Und weg war er, einen total verwirrten Manfred zurücklassend.

Epilog

Manfred stand am Fenster und blickte über das Tal. Fünf Jahre waren vergangen seit Omar ihn verlassen hatte und er saß immer noch hier fest.

Am Anfang hatte er verzweifelt versucht die Schutzblase zu verlassen, hatte aber bald akzeptieren müssen, dass das nicht möglich war.

Die Außenwelt hatte anfangs auch versucht zu ihm hinein zu gelangen. Man hatte weitere Bomben geworfen, dann aber ebenso bald bemerkt, dass das den Schutzschild nicht knacken konnte. Als durch Manfred keine Gegenmaßnahmen erfolgten, hatte man sich nach einiger Zeit arrangiert. Heute begnügten sie sich damit, das Tal unter Beobachtung zu halten.

Ja sein Tal! Es hatte sich noch nicht erholt, es war immer noch eine Wüste und frei von Menschen.

Sein Tagesablauf hatte sich eingependelt. Nach dem Aufstehen frühstückte er auf der Terrasse. Im Inneren der Schutzblase war es selbst im Winter angenehm warm. Dann verbrachte er zwei Stunden im Fitness-Raum, den er entdeckt hatte. Danach ruhte er ein wenig, um anschließend das Mittagessen zu kochen und einzunehmen. Am Nachmittag schwamm er dann eine Runde in der Schwimmhalle, die an das Kloster anschloss und später stand Lesen auf dem Programm bis in den späten Abend, nur unterbrochen vom Abendessen.

Das Lesen war sein Hobby geworden und die Bibliothek im Keller enthielt einen unerschöpflichen

Vorrat an Büchern. Anfänglich hatte er nur Belletristik gelesen, doch nach und nach war er auch zu anspruchsvolleren Büchern übergegangen.
Schließlich hatte er festgestellt, dass es in der Bibliothek Bücher über alle Weltreligionen gab, genauso Bücher über alle Philosophen dieser Erde und diese beiden Themen hatten ihn in ihren Bann gezogen.

Vielleicht hatte Omar Recht und er sollte wirklich anfangen zu meditieren.

Alles über die arc-kreativ-werkstatt und ihre Bücher erfahren Sie jederzeit aktuell im Internet unter

www.arc-verlag.de